指づかい

うかみ綾乃

幻冬舎アウトロー文庫

指づかい

目次

第一章　ヴィーナスの処女　6
第二章　小さな虫　40
第三章　夜咲く花　113
第四章　メデューサ　180
第五章　白い指　233
第六章　ヴィーナスの微笑み　299

第一章　ヴィーナスの処女

雑踏の中で、男は前を歩く女の背にぶつかった。日曜の朝十時。渋谷の１０９前はすでに大勢の若者であふれかえっている。

舌を打った。こんな人間ラッシュのど真ん中でいきなり立ち止まる馬鹿がいるか。追い抜きざま、思い切り肩をぶつけてやる。ついでにガンも飛ばしてやる。

そうして横目で女を睨《にら》んだ瞬間、男は弾《はじ》かれるように身を引いた。

息を呑むほどに美しい女だった。鼻梁が高く、華やかに整った横貌《よこがお》。長い睫毛《まつげ》に縁取られたアーモンド形の目。頬はふっくらと愛らしく、可憐な唇は、それでいて毅然《きぜん》と結ばれている。どこか一点を見つめながら、女は群衆の中で、いかなる無礼も許さないとの凜《りん》としたオーラを放っていた。

思わずぼうっと吸い込まれそうになった男の背が、後ろの人間にドンとぶつけられた。次いで尖《とが》った靴の先で踵《かかと》を蹴《け》られ、追い抜かれざまに舌打ちされ、ハッと我に返った。慌てて脚を動かした。それでも何度か未練がましく女の方を振り返っては、ラッシュの流れに戻っていった。

冬木灯子《ふゆきとうこ》の方は、肩になにか当たった気はしたものの、重い溜息《ためいき》を吐《つ》いてまた歩き出した。先刻、急いで穿《は》いたストッキングが内腿《うちもも》でよれて気持ち悪かったのだが、人込みの中で直すのはさすがに躊躇《ためら》われた。ストッキング以上に下着も不快だった。まだ汗や口に出せない体液で湿っている気がする。

仕事で予定外の外泊となった日は、睡眠時間を削ってでも下着をホテルのバスルームで洗い、ドライヤーで完全に乾かすのが常だった。普段から家中のタオルはもちろん、枕カバーまで毎日新しいものに取り替える灯子だ。

だが今朝は申し訳程度に肉体をシャワーで流したら、水滴を拭《ふ》くのもおざなりにホテルを出て来た。男が寝ている間にさっさと部屋を出たかった。

ホテルのバーで会った男だった。五十代半ばほどのその男は、出張で東京に来ていると言った。すでに下心の透けて見える男に目線だけで誘わせるのは簡単だった。男は窓の外が白《しら》むまで執拗に灯子を責め続けた。そしてぐったりとした灯子に「僕たち、相性がいいね」と囁《ささや》いて、ケータイの番号を走り書きした名刺を渡してきたのだった。

溜息ばかりが繰り返し出る。実際、相性は良かっただけにだ。行きずりの男には勘の鈍い者も多く、始終じりじりさせられて残るのは欲求不満のみということもあるが、ゆうべの男は灯子の性癖をすぐに見抜いた。セックスの最中だけはサディスティックな扱いを好む灯子だった。言葉の選び方ひとつ、責め方、可愛いがり方ひとつ取っても申し分なかった。性器のみではないあらゆる箇所で、数え切れないほどの絶頂を迎えた。

しかしどんなに夢中になるセックスをしようと、翌朝になればこうして白けた気持ちになるのだった。平たく言えば損した気分になる。この肉体を使って赤の他人を無料《タダ》で愉《たの》しませた自分にどうしようもなく腹が立ち、自己嫌悪に陥ってしまう。これが受け身を宿命とする女の性故《さが》なのか、自分が勝手に抱えている撞着《どうちゃく》なのかはわからない。

ハイヒールの足に中途半端な負担をかける下り坂が苛々《いらいら》を寄こす。しかし自己嫌悪で落ち込むよりは苛々の方がマシだと積極的に苛々しながら、仕事のことへ頭を切り替えようと努めた。

灯子の経営しているアクセサリーの制作販売会社が、ここ数年、経営悪化の一途を辿《たど》っているのだった。五つの百貨店に出店している支店のうち、札幌店と天神店の二店には撤退の怖《おそ》れまで出ている。この二店はいずれも灯子が何度も現地に赴き、捨て身覚悟の交渉で手に入れた店舗だ。いま店を閉めれば、現地のスタッフたちも路頭に迷わせることになる。

不景気だからというのは言い訳だ。いつの時代でも売れるものは売れる。しかし時代が違えば報われる努力もあった筈《はず》だ、との悔しさも拭《ぬぐ》いきれない。

言い訳ついでに、そのどうしようもない悔しさから行きずりの男と寝たのも、昨夜の自分には必要なことだった。ムシャクシャしていた。男に抱かれ、自分の美しさを再確認し、自信を取り戻したかった。

性の深みでこそ光り輝く美を、女は持っている。それがどれほど壮絶であるか、どれほど女の美の本質を計るものであるか。そのことを灯子は十代の頃に思い知った。そして美しいものは人の目《め》に触れ、愛でられなければならない。美しさ故の価値を人の心に刻み込まなければならない。沈黙の美は沈黙の美でしかないのだ。他者に崇《あが》められてこそ、美は輝きを放つ。美しさになお磨きがかかる。

そうして自ら男に誘わせておきながら、そのことでさらに自嘲を深める自分はなんなのだ。内腿の不快感を我慢しながら、こうして日曜の朝に雑踏の道玄坂をピンヒールでつまずきながら降りている自分はなんなのだ。

再三の自己嫌悪に鬱々《うつうつ》としつつ、重い瞼《まぶた》を上げて車道を見た。タクシーを拾う為《ため》に横断歩道を渡るのもおっくうだ。逆方向に乗る余分の数千円など、この鬱々に比べたらなんだっていうのだ。

連なって走る空車タクシーのひとつに手を上げた。

その時ふと、路上脇のひとつの露店が目に入った。アクセサリーを売っている店だった。

そういえばこんな店も、最近はめっきり見なくなった。かつて渋谷の道玄坂や原宿方面への道路といえば、アクセサリーだのエスニック料理だのの露店が数メートル間隔でひしめき合っていたものだった。その多くはこの不況に耐える体力を持たなかったのだろう。

だが隣りの芝生はなんとやらで、いまの灯子には、移動式の店舗ひとつで営業していた彼らの身軽さが羨《うらや》ましい。自分にはこれから百貨店との駄目元の押し問答から、結果、撤退ならその費用、解雇することになるスタッフたちのケアなど、悩ましい問題が山積みしているのだ。

その露店にいるのは、無精髭《ぶしょうひげ》を生やした四十代半ばくらいの男だった。腹の立つほどのんびりとした風情で折り畳み式の椅子にだらしなく座っている。手には薄汚れた木製のスティックと彫刻刀を持ち、スティックの先端に付けた白い塊《かたまり》に、なにかを彫っているようだ。

男の前に、ひとりの女性が立ち止まった。二十代前半くらいのその女性は「きれーい」と、台に飾られたアクセサリーに目を輝かせた。

灯子も台を見た。男の手にしている道具を見た時に察しはついたが、それでも呆《あき》れてしまった。

台の上には真っ白な雪の結晶のように、大小、形の様々なシェルカメオがどっさりと無造作に飾られている。見たところ、素材である貝は、純白の表肌と茶色味の深い地肌を持つ質の高いサルドニカで、彫刻を施した職人の腕も相当なものとわかる。

カメオには大雑把に分けてメノウやアメジストなどの天然石を素材としたストーンカメオと、サルドニカやコルネリアといった貝殻を素材とするシェルカメオがあるが、シェルカメオは素材の柔らかさ故、機械では彫れず、すべて職人の手作業での彫刻となる。故に、宝石であると共に、職人が誰であるのかも重要となる芸術品でもある。世界的に名を馳せる職人の作品には数百万、数千万いったカメオもある。

と同時に、世界に二つとないシェルカメオは、見た者が価値を作り上げるものだとも言える。

良いシェルカメオというのは離れた場所から見てなお、その緻密《ちみつ》さ、ふくらみの稜線のたおやかさ、陰影の妙が伝わってくるものだ。ここにあるカメオは、作り手が無名の職人だとしても、ほとんどは最低でも二万～四万、いま男が彫っている七～八センチ大のものは、三十万を超す値をつけてもおかしくはない。

――馬鹿じゃないの、こんな渋谷の路上でカメオだなんて――

台の上のカメオには値札が付けられていなかった。

女性客は一通りアクセサリーを見、そして男が彫っているカメオで目を止めた。

「わあ……」

そう声を上げた女の目を見て、灯子は確信した。

彼女は買う。安いネット通販で揃《そろ》えたようないでたちからして、そんなに高いものは選べないだろうが、あの男の彫ったカメオを買う。あの男もおそらく、彼女が買えるような値段を付ける。

男は飄々《ひょうひょう》とした様子で女に応えていた。そしてニコッと微笑《ほほえ》み、台に乗っているカメオの指輪をひとつ、女の目の前に翳《かざ》した。

カメオと、男の優しい笑顔と、ふたつを贈られた女は、財布から一万円札を出し、七千円のお釣りを受け取るよりも先に、ラッピングもされないむき出しの指輪を嬉《うれ》しそうに指に嵌《は》めた。

三千円で売ったのか、あのカメオを――。

女が去って、灯子は露店に近づいた。

「久しぶりね」と、灯子が先に言う筈だった。だがすぐに男の方がこちらを振り向き、笑った。

「久しぶり」

とっくに気付かれていたのかと癪《しゃく》に障《さわ》りつつ、灯子も軽く吹き出してしまった。妙な勘の強さも昔通りだ。

「相変わらず、シェルカメオを彫っているのね」

男は、灯子が十年前に別れた夫、瀬能岳生《せのうたけお》だった。

「こんなところで商売だなんて」

腕を組み、台の上のアクセサリーを一瞥《いちべつ》してみせた。

「売れてるの？」

岳生の方は貌をくしゃくしゃにして、あけっぴろげな笑顔を寄こす。

「すぐにわかったよ、灯子だって。お客さんが来たんで声を掛けられなかったけど、ずっと待っててくれて嬉しいよ」

「別に……待ってたわけじゃないわよ」

腕を組んだら後は、貌をそらすくらいしかない。でも悔しいことに、懐かしい元夫の顔から目を離すことは出来なかった。

彼の方は、日曜の朝の渋谷で偶然再会した元妻を見て、なにを想っただろう。朝帰りであることくらいはわかったかもしれない。もしかしたら、いままでどういうところにいたのかも。まさかこの湿った下着やストッキングまで見抜いてはいないと信じたいが、苛々と自己嫌悪に陥っていたことは察したかもしれない。

まったく、食べ終わった皿を重ねることも出来ない、トイレットペーパーも電球も夜の間にこびとさんが装着してくれるものと決め込んでいるズボラ人間のくせに、忌々しいくらい相手の心の深部は読んでくる男だった。

そのくせ昔と変わらないニコニコと人懐《ひとなつ》っこい笑顔を向けてくるものだから、灯子の方はいまもその内側にある心情を摑《つか》み取れない。

「相変わらず綺麗だな」

「ふん、あんたは汚くなったわね」

齢《とし》はちょうど一回り上だったから、もう四十六になっている筈だ。なのに一か月以上手入れしてなさそうな無精髭に、薄汚れた黒革のジャケットと擦り切れたジーンズ。貧乏生活も変わらないらしい。

しかも、と、灯子は元夫の貌を見つめる。優しげで、端整な貌立ち。笑うと愛らしく垂れる目尻。口角は悪戯《いたずら》っ子のように元気良く上がり、白く形の良い歯を出して無防備に微笑みかけてくる。

ムカムカとする。まったくすべて昔のままだ。

岳生の手元には、使い古したカメオ制作の道具があった。カメオの素材である貝を固定する木製のスティック、フゼット。カメオを彫る彫刻刀、ブリーノ。

結婚していた頃、岳生は昼夜も忘れ、仕事場で黙々とカメオと向き合っていたものだった。

灯子もたまにモデルになった。モデルとして岳生の傍《そば》にいながら、精密で美しいカメオを彫る、その繊細な手捌《てさば》きを見るのが好きだった。

そしてその日の作業が終わると、貝の粉に塗《まみ》れた手は、同じポーズをし続けて疲れたこの肉体を労《いた》わってくれるのだった。愛《いと》しい人の真剣な眼差《まなざ》しを全身で浴びながら密《ひそ》かに昂奮《こうふん》を覚えていたこの肉体を、優しく愛撫《あいぶ》してくれるのだった。

その頃のことを思い出すたびに、灯子は自分の肉体を抱きしめたくなる。十九の夏から二十四の秋までの五年間。この肉体が一番、誰かから大切にされていた時期だった。

――なんてこともあったわね。

腕を組みつつ、かつての思い出に浸りそうな自分を鼻で笑った。もう十五年も昔の話だ。

しかし理性では不本意ながらも、十年振りに再会した元夫を前に、心の奥でざわめくものがあるのも確かだった。この十年間、この男を思い出す夜は数え切れないほどあった。

だが、ざわめかされるだけでは終わらない。彼の彫っているカメオを見て、灯子の額で、ある思いつきが瞬《またた》いてもいた。

「相変わらずビタミンの足りなさそうな肌をしてるわね。ちゃんと食べてるの？」

「あはは、イタリアにいる時だけは食べてるよ。というか、工房の皆が食べさせてくれてる」

陽《ひ》に焼けた貌で岳生は笑う。本場の熟練工によってカットされた良質な貝を仕入れに、いまでも定期的にイタリアへ行っているらしい。貧乏そうなくせに、カメオの為なら餓死も怖れない職人魂で日々の生活を乗り切っているのだろう。そしてつまり日本では現在、これといった仕事はなく、食べさせてくれる女もいないということだ。

「ねえ、これからちょっと私に付き合ってよ」

言うなり、灯子は台の上のアクセサリーを片付け始めた。

「おい、待て、こう見えても俺、仕事中だぞ」

「私も仕事の話をしているの。たぶんあなたより私の方が切羽詰まってる。助けて欲しいの」

台を閉じ、岳生を見た。助けて欲しい——この台詞《せりふ》に岳生が弱いことは知っている。

「頼れるのはあなたしかいないの。今日こうして会えた偶然を、私は逃さないわ。お願いよ」

続いての駄目押しは、心底の本音でもあった。

「どうしたんだよ、灯子」

よしきた。この言葉を引き出せればこっちのものだ。

「私の部屋に来て。話はそれからよ」

一時間後、灯子は世田谷の自宅マンションで、岳生の為の昼食をテーブルに並べていた。

冷凍庫のブリを照り焼きにして大根下ろしを添え、同じく冷凍保存しておいた小松菜と油揚げの味噌汁。ポテトサラダは二日前に作ったものが残っており、その隣りに絹豆腐が半丁あったので、小松菜の余りを白和《しらあ》えにした。白米はやはり冷凍のものを電子レンジで温め、キュウリのザーサイ和えを添えた。

普段からよほどロクなものを食べていないのか、岳生は並べる端からガツガツと喰らい付いている。

「旨《うま》いな、魚なんて久しぶりだよ。こっちの白和えもいい味だ。灯子がこんな手の込んだものを作れるなんて」

「ひとり暮らしが長いと、嫌でも料理くらい出来るようになるわよ」

灯子は白ワインを呑んでいた。話が終われば、このまま夕方まで寝るつもりだった。ゆうべの男との執拗なセックスで全身が怠《だる》い。

怠い体でわざわざ台所に立ち、別れた夫に手料理を食べさせてやる目的は、会社へのスカウトだった。

こんなだらしのない男でも、カメオ職人として優れていることは灯子自身がよく知っている。先刻、渋谷の路上で岳生が彫っていたカメオと、それを見た女性客の目の輝きに、閃《ひらめ》くものがあったのだ。来月、店舗撤退の危機に陥っている天神の百貨店で催事がある。そこで岳生がカメオを彫るパフォーマンスをすれば、客の目を十分に惹《ひ》きつけるに違いないと。

岳生の方は能天気な貌をして、ポテトサラダを頬張っている。

「へえ、あのパトロンとは別れたの？」

モグモグしながらのその口調の邪気のなさに、思わず乱暴にグラスを置いた。ガラス製のテーブルがカンと鳴った。

「パトロンって言い方しないでよ。確かに会社を興す資金を融通してはくれたけど、一応はちゃんと付き合ってたわ」

「わかってるよ、怒るなよ」と、今度は美味《おい》しそうに味噌汁をすする。

元々、カメオの魅力を教えてくれたのは岳生だった。灯子がアクセサリーデザイナーの夢を捨て、制作&販売会社を興したいと思ったのは、岳生の才能を間近にして己の能力の程度を思い知らされたこともあるが、なによりも営業力、自己プロデュース力共にゼロの岳生の作品をなんとか世に出したいと思ったからだ。

しかし岳生のあまりの野心の欠落と生活能力の乏しさに、灯子の心は徐々に失望と疲労に染まっていった。そして別の男に傾いていった。

二十四歳の若さで会社を興せたのは、その男の財力のおかげだ。それは確かではあるが、その男と寝るたびに、これが岳生だったらと幾度も思った切ない心情を、目の前のこの無神経馬鹿は決してわかりはしないだろう。

「あんたの方はどうなのよ。あれから彼女くらい出来たんでしょう」

「まあね」

しゃあしゃあと答える岳生に、ワイングラスを中身ごと投げつけたくなる。

「いまもいるの」

「いやぁ、最近はずっとイタリアにいたもん。向こうの女の子も可愛いけどね」

「ふうん」

険を含ませた声を虚《むな》しく返しながら、陽に焼けて無精髭に覆われたこの鈍い男の貌を、灯子は改めて見た。

自分は触れたことのない、この髭に触った女がいるのだ。こんな汚らしい貌に頬ずりもした女も。口付けした女も。

「その髭、剃《そ》りなさいよ」

今度は静かにグラスを置き、言った。

「え」

ブリの皮を口に運びながら、岳生がぼけっとした貌を返す。

「仕事の話をするって言ったでしょ。そんな汚い格好じゃなくて、もっとしゃきっとしてちょうだい」

きつい口調で言ったものの、嘘だった。仕事の話よりも、いま灯子の胸には、自分と別れてから岳生が肌を重ねた、見ず知らずの女たちへの嫉妬《しっと》が渦巻いていた。誰かが触った無精髭など、いますぐ剃って欲しかった。結婚していた頃の、あのさらさらとした肌に触れたかった。

岳生の方はのんびりとキュウリの漬物などをポリポリ齧《かじ》っている。

「まぁ、剃れってんなら剃るよ。いつの間にかこうなっただけだし。でもどこで？」

「バスルームに剃刀《かみそり》があるから。だいたいあんた、少し臭《にお》うわよ。その洋服も洗濯するからシャワー浴びてきて」

食べている最中の岳生を無理矢理急《せ》かし、リビングの隣りにあるバスルームへ連れて行った。

「ほら、ここよ」

バスルームの中、シャンプーやコンディショナーを置いてある棚の中に、灯子の使っている剃刀があった。普段、体の無駄毛やデリケートゾーンを処理しているものだ。

「脱いで」

岳生のTシャツを強引に剝《は》がす。

「おい、ちょっと、自分で脱ぐから」

「あんたはグズなのよ、なんでもかんでも」

頭から抜き去った。そうしてその腕を止めた。そこに、懐かしい男の上半身があった。瘦《や》せて、あばら骨が浮き出て、乳首は葡萄《ぶどう》の種のように小さくて。でも十年の歳月分、若干お腹《なか》は出て、乾いた感じのする肌が、目の前にあった。

体ごとぶつけるように、抱きついた。

「おい、なんだ、灯子」

「うるさいわよ」

堪《たま》らなかった。この肉体に触りたい。貌を埋《うず》めたい。

本当は憎まれ口でなく、初めて岳生に抱かれた十九歳の時のように、素直に気持ちを伝えたかった。あの時は、西洋の神話の描かれた絵をモチーフに岳生が彫っていた、裸体のヴィーナスに嫉妬したのだ。だから岳生の目の前で、自ら衣服を脱いだ。『他人の描いた絵をモチーフにするより、私の裸体を媒介にして、岳生さんのヴィーナスを彫って下さい』。

処女だった灯子がそこまで勇気を振り絞ったのに、おろおろとうろたえるばかりの岳生が言うには、『でも、彫るのは首から上だけだから』だったので、そうなったらとにかく抱きついて、一直線に気持ちをぶちまけるしかなかった。『好きです。私をずっと傍に置いて下さい』。

あの頃は真《ま》っ直《す》ぐ岳生に向かっていけたのに、いつの間にこんなひねくれた女になってしまったのだろう。

だが、どうしようもなかった。十年という歳月の重みの前で素直になれるほど、三十四歳の灯子は自信も勇気も持てなかった。

「イヤリング」

耳元で、そっと囁かれた。

「俺がプレゼントしたカメオだ。まだ使ってくれてたんだ」

岳生の指が髪を掻《か》き上げ、耳たぶに触れる。そこにはあの時もらった、ヴィーナスの横貌の彫られたカメオのイヤリングがあった。

「物は物だもの。別れたって捨てはしないわよ」

強がりながら、その指の温かさに、灯子は目を閉じた。そして痩せてはいても、女にはない逞《たくま》しい胸の筋肉の隆起に、そっと指を這《は》わせた。

肌の感触を指の腹に感じながら、徐々に降ろしていく。臍《へそ》の周囲を撫《な》で、わずかにたるんだ腹肉をつまんでみせて、擦り切れたジーンズに手をかける。

「あ、おい、灯子」

「なによ、いちいちうるさいのよ」

拒まないで、と祈った。緊張に息を凝らしてジーンズのボタンを外した。続いてファスナーのつまみを探る。

岳生はとまどった様子で、それでも灯子のしたいようにさせてくれた。昔からこの男はこうだった。日常生活もセックスも。灯子のしたいことをさせ、して欲しいことをしてくれた。

内心泣きながら微笑んでみせて、ジーンズをたぐり降ろした。

片足ずつ脱がせると、床にうずくまった灯子の眼前に、紺色のトランクスがあった。中心の膨らみに手を伸ばし、そっと撫でる。弾力のある皮膚を軽く握り締めると、掌《てのひら》に硬く太い芯の存在を感じた。指を開き、ゆっくり揉《も》んでみる。「ん……」と素直な声が頭上で鳴った。

揉みながらもう一方の手も添え、もっちりとした陰袋を掌に載せた。柔らかくも張りのあるその感触を確かめるように、軽く閉じたり開いたりを繰り返す。手に馴染《なじ》むこの感触と重み、そう、これだと思う。

唇を寄せた。そっと歯を立て、肉芯の根元を甘噛《あまが》みした。そのまま幹の先端まで歯を這わせていく。そうしながらやんわりと裏筋をなぞる舌の上で、ピクンと幹全体が震えた。その反応に胸が甘く疼《うず》き、思わず「んん……」と、甘えた声を出してしまう。

「待って、灯子……シャワーを浴びるよ」

さっき「臭う」と貶《けな》したことを本気にしているのか、岳生が腰を引かせようとする。離れてしまいそうな肉体を、唇で追った。

「いや、このままで……」

張り詰めた幹根を、ふたたび唇に包んだ。薄布越しに、男の精と汗の匂いがした。深呼吸した。静かに深く匂いを吸い込み、肺を満たした。

それからゆっくりと息を吐き、裏筋の膨らみを舌先で舐めた。少しずつ上へ昇っていく。先端まで辿り着いた時、舌先を軽く突き立てると、そこには自分の唾液とは違う液体が滲《にじ》んでいた。

「あぁ……」

濡れた丸みを唇で覆った。ちゅう、と吸い込んで、薄布に沁《し》み込んだ粘液を味わった。すると、夏に逞しい葉を広げる木の幹から滴る蜜のように、青臭い液が舌に滲んできた。

嬉しかった。その味がますます灯子を夢中にさせた。

唇をきゅっとすぼめたり力を抜いたりして肉頭に刺激を与えながら、舌先で先端部分の割れ目を小さく押してみる。

「あ……」

後頭部に添えられた指が、堪らないといったように長い髪を掻き乱す。指先から昂奮が伝わり、灯子の肌を一層熱くする。

陰袋と肉幹に舌を這わせつつ、一方の手を背後に回した。指先をそっとトランクスの下に潜り込ませる。途端に引き締まった薄い筋肉が、指の腹で硬くこわばった。五本の指を伸ばし、その筋肉をぎゅっと摑んだ。

力を込めた手を、そのまま奥へ忍ばせる。指先が、ふたつの丘の境目を触知した。割れ目に沿って太腿の付け根へと中指を降ろしていく。また小さく痙攣《けいれん》した筋肉の丘の下に、硬く太い道が通っていた。その力強い盛り上がりを中指と薬指で挟み、そおっと摩《さす》った。

「くっ……気持ち、いいよ……」

心をじんわりとさせる掠《かす》れた声。

「嬉しい……」

少しずつ、指の動きを速めていく。別れてからも、幾度も岳生とのセックスを思い出してきたからだろうか。どうすればこの肉体が悦《よろこ》んでくれるのか、いまも指が憶えている。

太茎を包んだ薄布は、灯子の唾液と岳生の滲み出す液でぐっしょりと濡れ、はちきれそうな輪郭をせり上がらせていた。

「こんなもの、邪魔」

トランクスを摑んだ。硬直の先端に引っかからないよう、慎重に引き降ろした。

「あぁ……」

はしたなくも、喉が鳴った。

そり返った太い屹立《きつりつ》が現れた。

昔と同じ――と言ったら笑われるだろうか。男性器官に女の痕跡が、具体的にどう付くものなのかはわからない。でも、わずかに赤紫がかった、薄膚を張り詰めた先首。先端の溝と裏筋を結ぶ豆粒のような突起。中心線を盛り上がらせた肉幹も、肉幹を這う血管の浮かび具合も、その曲線も、灯子の憶えている相貌のままだった。嬉しかった。これが一番好きだと、心が叫んでいた。

気が付けば、唇が吸い寄せられていた。岳生を悦ばせたいのに、いまはそれよりも、自分の舌がこの肉塊を欲していた。だれも見ていない公園でソフトクリームに齧《かぶ》りつくように、みっともないほど舌を長く伸ばし、舌の付け根まで使って肉幹に絡みつかせる。根元を唇で覆い、軽く歯を立て、首を小さく左右に振る。ソフトクリームと違って、この肉塊はいくら舐《な》めても溶けない。代わりに舌から溢《あふ》れだす唾液を幹に塗りつける。塗りつけた唾液は自分の唇や頬も濡らし、べたべたと心地好い粘りにまみれさせてくれる。

ひたすらしゃぶり続けた。まるでライオンの子供が生まれて初めて野生の肉を食し、血をすするのにも似た、余裕も技巧もない動作だった。硬く雄々しい肉塊に、舌が蕩《とろ》けそうだった。

「灯子、やっぱりシャワー……」

「黙って」

胴幹を舐めながら、両手で根元をなぞり上げる。その手にだんだん力が籠《こも》ってくる。動きも速くなる。たっぷりとなすりつけた唾液がローションの役目を果たしていた。握り締めたいだけ剛直を握った。擦《こす》りたいだけ皮膚を擦った。

そうしながら、裏筋の縫い目に舌を這わせた。また肉幹がピクンと反応する。さらに舌を伸ばし、先首の溝に埋もれさせた。前後に軽く震わせると、後から後から透明な粘液が漏《も》れ出てくる。そのたびに舌で受け止める。

「ああ、灯子……」

頭上の呻《うめ》き声が、肉体をますますおかしくさせる。息が荒くなり、下腹部がじんじんと痺《しび》れ、内腿をよじり合わせるように腰をくねらせてしまう。

濡れた突端の筋に舌を這わせながら、唇を開けた。太い傘肉を、口いっぱいに含んだ。

「んん……」

そのまま幹の根元まで降りていく。硬い芯に舌を絡め、なぞり上げる。そしてこれ以上ないくらい張り詰めた膨張を、唾液にまみれる唇で何度も擦り上げる。

ぐちゅ、ぐちゅ、と、と音が鳴り、ますます気持ちをいやらしく高揚させた。貌全体を動かして、何度も出し入れを繰り返す。

時折、いったん先端まで舐め上げると、小さな割れ目を唇で塞《ふさ》ぐ。そのままちゅっと吸う。唇を離し、零《こぼ》れる粘液を舌先で掬《すく》い取る。そしてまた口に含む。

「は、あ……灯子……」

「ん……」

会話は互いの喘《あえ》ぎのみで構成されていた。左手は太い幹の根元を握り締めていた。右手はふたたび、後ろに回していく。そうして男根の付け根と肛門の間に横たわる筋を、指先で行き来する。岳生はこの箇所への愛撫に一番感じてくれた。

ビクン、ビクンと、口の中で肉塊が反応している。肌にも味がある。人それぞれ違う。刻一刻、新たな反応をくれ、そのたびに粘度を変えた液が滲み出る。舌がだんだん、味に馴染んでくる。

大きく口を開き、舌を動かしながら、このままずっと、死ぬまで咥《くわ》えていたいと思った。

顎《あご》に痛みを覚えだしても、そそり立つ剛直を貪《むさぼ》ることをやめられなかった。

「ベッドに行こう……灯子」

腰を屈《かが》め、岳生が囁いた。

「え……」

意外な思いで、岳生を見上げた。

その言葉は、こんなバスルームで立ったまま男根を舐められるのではなく、もっときちんとした形で愛し合いたいのだと、そう受け取って良いのだろうか。

「ベッドに……？」

「うん、行こう。俺もおまえを抱きしめたい」

十年前、灯子の一方的な感情で別れたふたりだった。いまも灯子の勝手な欲情でこうなっていると受け止められても仕方がなかった。むしろその方が岳生に負担を感じさせることなく交わえると思っていた。

戸惑う灯子の肩を抱き、岳生が立ち上がらせてくれる。

そして突然、唇を重ねてきた。

瞬間、息が詰まりそうになった。思いがけず激しいキスだった。熱い舌が差し込まれ、灯子の舌が搦《から》め捕られる。舌の裏、歯茎の裏、上顎の粘膜もすべて、その一点一点が欲しがる圧力で愛撫されている。それはいままで岳生の剛直を舐めていたこの舌を労わってくれるような心の籠ったキスだった。自分を慈しんでくれているのだと、感じられるキスだった。

「ああ……岳生……」

唇のはざまで、湿った喘ぎが行き交った。舌を絡め合わせながら、糸を引くような潤いが、じんじんと体内へ降りてくる。

抱きかかえられる腕に肉体を預けたまま、寝室へ移動した。

ベッドに身を投げ出すと、岳生は肉体を重ね、灯子の着ているものを脱がし始めた。

レースカーテンから射し込む真昼の陽射しの中で、灯子の白い肌が少しずつ露《あらわ》になる。スーツの上着、ノースリーブのシャツ、タイトスカート——一枚一枚脱がすごとに、岳生は現れた素肌を唇で愛撫する。肩、二の腕、胸元——うぶ毛を逆撫でする唇の感触と、一緒に動く高い鼻の先が、ゾクゾクするような官能を肌に滲み込ませる。

唇は腰を伝い、徐々に腋下へ上がってきた。

「んん……あぁ」

恥じらいと、甘美なくすぐったさに肉体をこわばらせる灯子の背中で、ブラジャーのホックが外された。

カップから解放された肉房が、ぷるんと自らの重みで横に揺れる。全体の丸みは維持しながらも、引力が若干のいびつさを与えた肉房を咄嗟《とっさ》に腕で隠そうとした時、岳生の大きな掌が膨らみの裾野を持ち上げた。

「はんっ、くぅ……！」

灯子の小鼻から、切ない吐息が漏れた。

五本の指は摑みきれない柔肉を掻き寄せるように、やわやわと乳肌を揉み始める。肉丘にのめり込む指先が、湿気を帯びた電流を流し込んでくる。張り詰めた乳腺が膨張し、ますます鋭敏になっていく。

「待って……あ、あぁ……」

十年振りに肉体を見られる恥ずかしさは、乳房を覆いつくす淫靡な痺れにあっけなく負けてしまいそうだった。かろうじて留《とど》める理性が思い出したように羞恥を取り戻すものの、直後、指先からもたらされる快美な熱に、浅ましく胸を突き上げてしまう。もっと、もっととせがむ乳頭は、痛いほどに尖りきっていた。

「ああ、岳生……た、け、お……あぁ……」

名前を呼び続けることでせがむしかない灯子の葛藤に、おそらく気付きながら、岳生はゆっくりと乳丘から手を離していく。

疼きを燃え広がらせたまま空気に晒《さら》された乳肌が、淋しくてやるせなくて、灯子は悩ましく首を振る。

だが次の瞬間、ビクンと腰が弾けた。突如、下半身の最も敏感な一点に、鋭利な刺激が走ったのだ。

「あっ……あん、あは……はぅっ！」

乳房を愛撫されながらいつしか灯子は、腰をくねり上げ、もの欲しげに脚を開いていたのだった。指先はその太腿のはざまで、下着の上からダイレクトに女の芯を捏《こ》ね回していた。

「そんな……あぁ、やめて……それは……」

身をよじり、脚を閉じようとする。でも指先はすでにその一点を捕えて離さない。ただでさえ敏感な突起が、指の腹でコリコリと転がされ、揉みほぐされている。

やがて指先はそっと、内股から薄布の下へ潜り込んできた。

「ひぁうっ！　ひっ、ひぁっ、はぁぁあっ！」

喘ぎは声帯を震わす余地もなく、しゃくり上げるような悲鳴となった。秘唇に指が触れた瞬間、あまりにも濡らしている自分を知った。

「やっ……感じる……駄目っ――あぁっ！」

肉芽と、その下にある淫裂が、一本の指で塞がれていた。指は間断なく微妙な振動を寄こしてくる。肉芽と淫裂、どちらがどう弄《いじ》られているのか、この峻烈な快感の中では区別がつかない。

下着が降ろされた。温かな手が太腿、膝《ひざ》、脹脛《ふくらはぎ》を撫でながら、足首へと降りていく。爪先《つまさき》から薄布が取りさらわれた。

ふたたび太腿が押し開かれた。その中心で、ねちょっと、媚肉が口を開けた感触があった。

「やんっ、恥ずかしい……いやっ！」

そぼ濡れた媚肉のあわいに指が突き立てられた。二本の指が、ゆっくりと沈み込んでくる。肉襞を擦り、煮え滾《たぎ》る子宮に向かって、深く押し迫ってくる。

「ひくっ、く、はぁ、はぁぁんっ！」

打ち寄せる快楽の苛烈さに、灯子は全身をよじらせて身悶《みもだ》えた。指は潤沢に溢れだす愛液を利用して、他の男なら痛くなるほどの刺激を注ぎ込んでくる。灯子の愛するカメオを彫るその繊細な指遣いが、くにくにといやらしく、激烈な快感を刻み込んでくる。

「欲しい……」

喘ぎながら訴えた。

岳生は微笑み、首を振る。

「まだだよ。もっと灯子を苛《いじ》めたい」

「いや、我慢出来ない……お願い……」

筋肉を盛り上がらせ、気の遠くなるような官能を打ち寄こす岳生の腕を、灯子は懸命に摑んでいた。この人はやはり、他の行きずりの男たちとは違う。前戯がどうだの何度イカせてくれるかなど、そんな装飾はどうでもいい。早くひとつになりたい。いますぐ挿《い》れて欲しい――

その力に、切実なものを感じたのか。岳生の表情がふと変わった。灯子の上に肉体を降ろし、貌を覗き込んでくる。

「欲しいのか」

「欲しいのよ……」

あなたが欲しい――そのこと以外、考えられない。

両脚を、重なり合った岳生の腰に絡みつかせた。硬く猛り切った岳生の輪郭を、自らの器官に誘うように握り締めた。

岳生の目にはさぞ、いまの自分がはすっぱに映っているだろう。わかっている。それでも破廉恥な腰の動きを止められなかった。

「ちょうだい……」

涙交じりでねだった。

「相変わらずだな」

そう囁いた岳生の目尻は、柔らかな笑い皺《じわ》を溜めていた。

「欲しいと思ったら一秒たりとも待てないんだ、灯子は」

指が抜かれた。

媚肉の中心に、指以上の圧迫を感じた。みっしりと押し割られた。

あっ——と思う間もなく、火を纏《まと》ったような肉の杭がずっしりとした重みと共に沈み込んでくる。

「はっ……はぅくっ！」

「後で憶えておけよ。たっぷり続きをしてやるから」

「岳生……ああ、いい、いい……」

貌のすぐ上にある腕の筋肉にすがりついた。ボサボサの髪を掻き毟《むし》りながら、露なよがり声を上げた。

ずっと目を開けて岳生を見つめていたい。なのに肉体は視覚を取り浚《さら》って、繋《つな》がり合った一点のみに集中してしまう。肉体の内側がめらめらと燃えるようだ。

この男と再会した瞬間から体内でくすぶっていた埋み火が、いま膨れ上がる剛直に擦り上げられ、紅色の炎を上げていた。

熱塊が、膣のあらゆる場所を抉《えぐ》ってくる。この塊でなければ貫けない肉路へ埋まろうとしている。

「そこっ、そこなの……いいの、岳生、いい……っ！」

怒濤《どとう》のような衝撃が、一番感じる場所を責め始めた。

膨れ上がる怒張と、どこまでも受け入れようとする蜜襞が、熱く蕩けながらひとつになっていく。

苦痛にも似た壮絶な快楽の中で、灯子は岳生の姿を探す。手を伸ばし、岳生の背を掻き抱く。

昨夜の男とのセックスも確かに良かった。男の言う通り、肉体の相性は合っていた。

しかし男と女には、相性を超えるものがあるのだ。

「ああっ！　岳生……岳生……！」

無我夢中で岳生の名を呼んだ。無精髭だらけの顎に口付けし、歯を立てた。

幸せだった。狂おしかった。大声で泣きたくなるほど、この男が愛しかった。

狂乱の只中《ただなか》で灯子は、岳生から愛されている実感を、いま必死に欲していた。

「いいよ」と、あっさり言われて、岳生の頬を撫でていた手が止まった。

「いいの？」

「うん」

羽毛布団にくるまりながら、岳生は灯子のお尻を緩慢な手付きで摩っている。

「来月の二週間、その天神の百貨店の催事で、人寄せにカメオを彫ればいいんだろ」

「あのね、一応仕事だから、ただ彫っていればいいってもんじゃないのよ、百貨店とのやり取りもあるし、販売員のケアとか、接客の心得とか」

予想外にあっけらかんと承諾されて、スカウトした灯子の方がはらはらしてしまう。

岳生はにっこり微笑み、手を腰の方へ滑らせてきた。

「灯子が会社を興す時、なんの力にもなれなかったから。いま出来ることがあるなら、やらせてもらうよ」

そう言って気持ち良さそうに背中の感触を楽しんでいる。

「すべすべしてるなぁ、いつまでも触っていたい」

「すべすべはいいから。あなた、ちゃんとうちと契約してくれるのね。デザイナーとして、来月の天神をあなたに任せていいのね」

「うん」

そして眠たそうに岳生は目を閉じる。

「ちょっと」

眠いのはこっちだ、ゆうべから立て続けにふたりとセックスしたのだから。

もちろんそんなことは言わない。それどころか自分の肉体を触りながら心地好く眠りにつこうとしている岳生を見て、ついほんわかとした心地になってしまってもいる。

まぁ、良いか。この屈託のなさ。邪気のなさ。そして唯一の取り柄と言って良い順応性の高さ。道端だろうが元妻の部屋だろうが、どこでも自分の家のようにくつろいでしまっている。このおおらかさはデザイナーとしてだけでなく、意外と他人との交渉事にも向いているのかもしれない。岳生がひとりで営業もこなしてくれれば、出張経費も節約できる。経営者としてそんなことを考え、だからもうひとつ言いたいことは、結局言えそうになかった。

――やり直さない？

言えるわけがなかった。自分から別れた夫に対して、いまさらなにを期待するというのか。現に岳生は、一度灯子のお腹の上で放っただけで、もう満足そうにうとうとしている。

腹が立ってきた。

そもそも自宅に呼んだのは、スカウトの話をする為だ。セックスをしたのは不可抗力みたいなものだ。仕事の詳細は時間をかけて説明するつもりだったのだ。

なのに岳生は簡単にＯＫを出す。そして灯子の腰や背中を撫で、一番敏感な乳房の先端近くまで手を這わせておきながら、このままのほほんと眠ろうというのか。

「給料が幾らかとか、訊《き》かないの」

「ん……」

駄目だ。もう手の動きが止まっている。軽くゆすると「んあ……」とか言っているが、すでに夢うつつの状態らしい。

だらりとした岳生の上に乗った。股間に貌を降ろした。先刻まで雄々しくはちきれ、この身を貫いていたものが、もうむにゃっと冬眠中の芋虫のように垂れている。

口に含んだ。頬の粘膜で、思い切り吸い込んでやった。

「んん、おい……」

「んん、おいじゃないわよ。さっきの大言壮語はどうしたのよ。続きをするんじゃなかったの」

頼りなく縮んだ岳生の上に、灯子はまたがった。そしていまだ濡れている自らの裂け目を、ヤケクソに擦りつけた。

第二章　小さな虫

九州、福岡。天神の高丸百貨店二階に、アクセサリー・ショップ『TOHKO』の天神支店はある。

色鮮やかなネックレス、ブレスレット、ピアス等が並べられた陳列台には、縦長の鏡が四つ、嵌め込まれている。客が気に入ったアクセサリーを貌や胸に翳して見る為のものだ。

川上菜緒《かわかみなお》はこの鏡が嫌いだった。女性の姿が美しく映えるよう計算された照明が、自分の貌だけは茫洋《ぼうよう》とくすませるのだ。いまもひやかしの客が触っていったブレスレットの向きを直しながら、正面に映る青白く浮腫《むく》んだ丸貌が目に入らぬよう、意識して下を向いていた。

「見事よね、このカメオ」

隣りでは店長の水野真由《みずのまゆ》が、新商品のシェルカメオの指輪を手に取っていた。夕方六時。早番は上がる時刻なのに、水野は今日も入ったばかりの商品を細かくチェックしている。

「はあ……」と返事をしたものの、天然石のアクセサリーが好きな菜緒には、貝で作られたシェルカメオの良さがよくわからない。それよりも鏡越しの水野に、ついいまもまた見惚《みと》れてしまう。

三十二歳と、菜緒より七つも歳上の水野だった。だがスタイルは外国のファッション誌から抜け出たようにすらりとして、白いミニスカートから長く伸びた脚には、ホクロも剃毛の失敗痕《あと》もない。理知的な貌立ちは一見、近寄りがたい生硬さがあるが、形の良い富士額と細く小さな顎が優雅なハート形の輪郭を描き、笑うとパァッと花が咲くようだ。

お洒落は好きでも、ぽっちゃり体型をカバーする服装を選びがちな菜緒にとって、水野は憧れの存在だった。美しい水野の下で働いていることが、数少ない自慢のひとつだった。

うっとりとその横貌を眺めていると、「そういえば」と、綺麗にカールされた長い睫毛がこちらに向けて上げられた。

「あの男とはどう？」

「え、あ、はい……」

訊かれて、菜緒はまた下を向く。

「最近、一緒に暮らしてるようだけど、無理してない？」

「無理って……別に」

「そう？」と、水野は続けてなにか言いたそうだった。が、結局、微苦笑だけが鏡に映る。

「ま、いいわ。それより明後日からの催事の二週間は結構ハードになるからね。体調をしっかり整えて頑張ってちょうだい。あなたは大事なスタッフなんだから」

「……はい」

小さくお辞儀をした菜緒の肩をポンと叩き、水野は帰って行った。

その後、午後八時の閉店まで店に立ち、最後の客たちへの立礼、店の後片付けを終えると、時刻は八時半を回っていた。急いで帰り支度をし、従業員用の出入り口から駅へ向かう。急行に乗り、四つめの駅で降り、途中のコンビニエンスストアで豚の生姜《しょうが》焼き弁当をふたつ買うと、小走りでアパートに向かった。

汗ばんだ手でワンルームの部屋のドアを開けると、政志はいつも通り、絨毯《じゅうたん》に寝転がってTVゲームをしていた。傍にはビール缶やポテトチップスの袋が散乱している。

「ごめんね、遅くなって」

慌ててキッチンに立ち、買ってきたものをレジ袋から出した。冷蔵庫からは作り置きの麦茶のボトルを、それからお揃いのグラスは、と見回すと、ゆうべのままシンクに転がっている。スポンジを摑み、ささっと洗った。

政志はなにも言わず、ゲーム画面に貌を向けている。彫りの深い横貌が、不機嫌一色に染まっているのがわかる。

小さなテーブルを政志の横に引き寄せ、弁当と麦茶のボトル、まだ水滴のついているグラスを並べた。

「食べようよ、政志」

おもねる口調で言った菜緒に、政志は床に寝そべった格好でチラリと剣呑《けんのん》な目を向けた。

「遅番は断れって言っただろ。なんでこんな時間まで俺を待たせるんだよ」

ドスの利いた声が寄こされる。

「ごめん、でも……」

「口応えするなよ」

いきなり腕を引かれた。絨毯の上に仰向《あおむ》けにされた。身長百五十四センチの菜緒の上に、百八十センチ近い政志の巨体が覆い被《かぶ》さった。胸の膨らみがぶ厚い胸板に押し潰される。キスをされた。唇を貪るような乱暴なキスだった。舌の付け根まで唇に包まれ、きゅうっと吸い上げられる。

「んん……く……」

「飯なんかどうでもいいよ、帰ってきたらすぐに俺の相手しろよ」

「……うん、うん」

舌の痛みに耐えながら、政志の背中を抱き締めた。

せっかく二か月前から同棲しているのに、夜遅くまで放っておかれる日が多くて、政志は拗《す》ねているのだった。

「いつも俺の傍にいろ」——初めて結ばれた夜、そう言われて、菜緒も泣きたくなるほど嬉しかったのに。

政志も菜緒も共に二十五歳だった。それぞれ高校卒業と同時に、山口と大分から博多へ出てきたのだった。

互いが出会うまでの八年間、ふたりとも友達と呼べる人間はほとんどいなかった。人一倍淋しがりやのくせに人付き合いが下手で、いつも他人から遠ざけられる前に、自分から関わりを避けてしまうのだった。

でも、いまは違う。三か月前、政志から町で声を掛けられた日に、菜緒は淋しさにさようならをした。似た者同士のふたりだった。出会うべきふたりが、恋愛感情さえ超える強い結びつきでようやく出会ったのだった。政志の為ならなんでも出来る。どんなことにも耐えられる。

政志の太い指先がシャツの下に潜り込み、胸の膨らみを揉みしだいていた。

肉付きの良い菜緒は、ただ大きいだけのようなEカップのこの胸にもコンプレックスを抱いていた。でも政志は好きだと言ってくれる。いつも真っ先にふくよかな胸を揉み、感じやすい先端を舐めてくれる。

シャツとブラジャーがたくし上げられた。白く豊満な乳房が剝《む》き出された。政志の手が両側から寄せ上げ、ますます乳肉のボリュームが強調される。

指先に、片方の乳首がつままれた。同時にもう片方が濡れた唇に包まれた。

「んん……はんっ」

乳首の付け根に歯が立てられて、腰がビクンと跳ね上がる。政志の愛撫はいつも力強い。最初は痛みしか感じないほどだ。

しかし痛いと感じる反面、下半身ではいつの間にか太腿をよじり合わせてしまうのだ。じゅくん、と温かな潤いが徐々に生まれだす。肉体のすべてを政志に預けきることで、この上ない安らぎに満たされる。

「あ、気持ちいい……政志……」

いまもだ。お腹のあたりから痛みとは別の感覚がじわりと湧いている。熱い疼きがぷつぷつと小さな水泡となって皮膚の内側で広がっていく。

この頃は痛みから快楽に変わる時間が短くなっている。セックスをすればするほど、この身が政志のやり方に馴らされていく。そんな自分の肉体が、菜緒はとても愛おしい。

指先に強くつままれた乳首が、いきなり、きゅんと引っ張り上げられた。

「や、あっ……」

乳房ごと引き上げられた状態で、突起の根元が勢いよく捩《ねじ》られた。

「きゃっ……あぁっ……」

激痛に悲鳴を上げた菜緒にお構いなしで、指は空中で円を描きだす。乳房がぶらぶらと波を打って揺さぶられる。苦しい。いまにも乳首が千切れそうだ。

「ひぅっ、くっ、あぁ……」

「やめて欲しいか」

「んっ……はくっ……」

引き攣《つ》った喉から声も出ず、身をよじり続けるしかない。

痛い。でもそれだけじゃない。政志にされることはなんでも受け入れられる。なんでも気持ちいい。

ほらね、だんだん……

指に支配された一点の感覚が、ずきずきと皮膚を炙《あぶ》り始める。痛みと悦びが渦を巻きながら、乳首の芯を燃やしている。

「部屋に帰ったら、すぐにブラジャーを取れよ」

「うん……」

「いつも一緒にいろよ」

「うん……うん……」

何度も頷《うなず》くと、政志は乳首をつまむ指の力を和らげてくれた。

たぷん、と乳房の重みが戻ってくる。

直後、痛みに痺れる突起が、温かな感触に包まれた。

「ふぁんっ……」

熱い渦の中心が一気に尖った。濡れた舌先は乳暈《にゆううん》を抉るように上下左右、荒々しくねぶり回している。散々指に押し潰されて変形した乳頭が、ふたたびぽってりと腫《は》れ上がっていく。

「一緒にいたい、一緒にいたいよ、政志……」

ひりつく快感に悶えながら、菜緒は訴えた。

現実には、菜緒の仕事が忙しくなれば生活の擦れ違いも起こるのだが、一方で、バイトがなかなか見つからない政志の焦燥もわかるのだった。プライドの高い政志が、菜緒の給料で食べている現状への引け目を、横暴な態度を取ることで打ち消そうとしているのも。

私には、あなたしかいないのに——この肉体ごと全部、あなたのものなのに——

「舐めろよ」

政志がジーンズのボタンを外した。

菜緒も政志の前に膝をついた。ファスナーに手をかけた。

政志のものは大きい。いまも力を入れないとファスナーが降ろせないくらい、前部分がはちきれそうになっている。

なんとか降ろしきり、トランクスごとジーンズを脱がせると、政志は床の上にあぐらをかいた。

菜緒は四つん這いになり、その脚の中心に貌を埋める。

今日はまだ風呂に入っていないのか、貌を近付けただけで生臭い匂いが立ち昇ってきた。でもこの匂いも、政志だから愛しいと思う。自分の前では肉体の汚れを隠そうとしない政志もまた、自分に対して安心してくれているのだと感じる。

丸くつるつるとした肉傘に舌を這わせた。先っぽの筋の真ん中で、液状の玉がぷくっと膨らんでいた。舐めるとぬるっとして、甘いような苦いような味が舌全体に滲んでくる。

自然と唾液が湧き上がった。ぴちゃ、ぴちゃ、と音を立てて舐め回した。

「ああ、いい……そう、もっと根元までしゃぶって……」

「ん……」

猛々しくそり返った肉幹を口いっぱいに頬張った。どんなに頑張っても半分くらいしか入らないが、それでも懸命に呑み込み、頬張りきれなかった根元を掌でぎゅっと握る。

「ん、手を動かして、そう、舌ももっと使って……」

言われた通りに手を上下させ、舌を這わせる。硬く太い幹を覆う軟らかな皮膚を、ひたすら摩り続ける。

貌を上下させるたびに、豊かな乳房がたぷん、たぷんと揺れている。その先端に、ふたたび手が伸ばされた。敏感な薄膚が、掌にうっすらと擦られる。

「あんっ……」

尖った乳首の感触を楽しむように、掌はゆっくりと弧を描き始める。菜緒の一番感じるこの箇所を、政志はこうして繰り返し可愛がってくれる。

「あぁ……政志……」

「なにしてんだよ、もっと貌を動かして」

「ん……」

乳首の心地好さに奪われそうな意識を引き戻して、また舌と手を動かした。頭ごと上下させて長大な肉塊をしごき続けた。

膨らみを押し包んだ手はやがて、乳房の重量を確かめるように柔肉を押し揉んでくる。厚い脂肪の層に埋まる五本の指は、その奥でしこっている乳腺小葉をもわし摑みにする。うねうねと波のように動く指の愛撫に、菜緒の五感はまたもや持っていかれそうになる。

いつしか腰がくねり出していた。媚《こ》びるように揺れる尻の下の方で、自分の媚唇が濡れているのがわかる。蜜液にまみれた粘膜が、動くたびにぴっとりと貼り付いたり離れたりしている。

「政志……」

潤んだ目で政志を見上げた。

「もう欲しいのか」

そう言われて、肉幹を強く握り締めた。

政志が腰を上げた。

「今日は何回出来るかな」

後ろを向かせられた。頬が床についた。そのまま腰を高く抱え上げられた。

すぐさま割肉の中心に、熱い塊《かたまり》がめり込んできた。

「ああぁっ！」

ずきゅんと、全身がわなないた。疼きの溜まりきった媚肉を食い破って、太い肉柱が真っすぐ肉体の中心を打ち抜いてくる。

「政志……政志……！」

怒張は凄《すさ》まじい勢いで打ち込みを始めた。連続して突き抜かれる衝撃に、菜緒は絨毯に爪を立てた。気の遠くなるような快感が全身を駆け巡っていた。

「いい……いい……感じるっ、政志……！」

「ああ、俺も……！」

打ち貫く怒張と受け入れる尻肉が、ぶつかり合ってパンパンと鳴っている。擦れ合う粘膜が、ぐちょぐちょと、いやらしい音を響かせている。

「ああ、私、もう……！」

途切れのない政志の責めが快美な振動を果てしなく寄こし、菜緒の肉体中をぐちゃぐちゃに掻き混ぜていた。

目覚まし時計の音に、重い瞼を持ち上げた。

直後、跳ね起きた。

十時だ。うっかり時計のセット時刻を、遅番だった昨日のままにして眠ってしまったのだ。九時半の入り時間どころか、十時の開店にも遅刻だ。

シングルベッドの隣りでは、政志が時計の鳴る音にも気付かず眠り続けている。慌てて音を止め、ベッドから這い起きた。

シャワーを浴びる時間もない。急いで身支度をし、部屋を飛び出した。

高丸百貨店に到着したのは、十時四十分だった。スタッフ用のドアからフロアに出ると、店ではすでに店長の水野と同僚の宮内香苗が、男性客の応対をしていた。

本来なら一人しかいない早番が遅刻すればそれだけ開店が遅れてしまうところだったが、今日は明日からの催事の準備の為、全スタッフの出勤日であったのが幸いだった。

おずおずと店内に入っていく。水野がすぐに厳しい目を向け、手招きした。

「遅刻するなら連絡くらいしなさい」

「すみません……」

縮こまって謝罪しつつ、でもなにもお客様の前で叱らなくても……と思う。

「瀬能さん、こちらがもうひとりの販売員、川上菜緒です」

きびきびとした口調で、水野が男性客に菜緒を紹介した。

「瀬能岳生です。よろしくお願いいたします」

四十代半ばくらいの長身の男はにっこりと微笑んで、菜緒に頭を下げた。

「あ……はい」

ぼんやりとしていると、水野がまた険しい声を出す。

「伝えてあったでしょう、催事の期間中、東京の本店からカメオのデザイナーさんがいらっしゃるって。この方がその瀬能さんよ」

「あ、すみません、あの、よろしくお願いします」

ペコンと頭を下げ、菜緒はさらに身の置き処のない心境に捕われた。よりによって本店の人が来た日に遅刻をするなんて――。相変わらず間の悪い自分に泣きたくなる。

しかし瀬能は穏やかな笑顔を浮かべて言った。

「まだ入社したばかりで、催事を経験するのは今回が初めてなんです。色々と教えて下さい」

「あ、はっ、はい」

思わず声が裏返ってしまった。反省すべき菜緒の方の調子が狂ってしまうほど、優しい声だった。

ついその貌をまじまじと見上げてしまう。一言で言えばハンサムだった。だがそれ以上に、温かみのある笑顔が印象的だった。垂れ目がちの目尻に刻まれた笑い皺は、人見知りしがちな菜緒にも自然な親しみを覚えさせてくれる。

――この人と二週間、一緒に仕事出来るんだ……

「それでは僕の方はいったんホテルに戻って準備し、閉店前にまた来ます」

男は水野にそう告げて、店から出て行った。菜緒はぼうっとしたまま、その後ろ姿を見送った。

そこへ、水野がさっとなにかを手に握らせてきた。

「控室で顔を洗って、このパフュームをつけてきなさい。男の匂いをさせたまま職場に来ないで」

「え……」

その刺々《とげとげ》しさに一瞬うろたえたが、すぐに意味に気が付いて、カッと貌が熱くなった。ゆうべの政志とのセックスが、匂いとなって残っていたのだ——

「は、はい……」

渡されたパフュームを握り締め、急いで控室へ向かった。ひょっとしたらあの瀬能岳生というデザイナーも、この匂いに気付いただろうか——あまりのみっともなさに、涙が滲んだ。

控室のパウダールームでは、化粧品売り場の美容部員がふたり、洗面台の前に並んで化粧直しをしていた。なるべく体が接近しないよう、その後ろを通り抜け、トイレの個室に入った。

ドアを閉めると、まず下着を下ろし便座に座った。寝坊して慌てて部屋を出てきたので、起きてからまだ一度も排泄していない。

陰唇が少しひりひりとしていた。昨夜、三度も貫かれたせいだ。最後の方は疲れ果て、膣もあまり濡れなくなっていたのに、もう一回、もう一回と求めてくる政志を拒むことは出来なかった。

しばらく座っていると、尿よりも先に、とろ……と、粘状の塊が降りてきた。あ、と思い、膝まで降ろした下着の中心部分を見ると、その箇所も女のものではない白い粘液で濡れていた。政志は菜緒が生理前になると、必ず中で出したがるのだ。

人気《ひとけ》の少ない午前中のうちにトイレで下着を洗おうか、それともこの部分にも水野のパフュームをかければ大丈夫だろうか。考える頭もどんよりと重かった。生ぬるい残滓《ざんし》と共に放尿をした。ゆっくりと時間をかけて出し切ると、ウォシュレットのスイッチを押した。ひりつく秘唇や腫れた感じのする膣の入り口付近に温かな湯を浴び、そうしながら、菜緒は掌で顔を覆った。

まただ、私……政志とふたり、幸せになりたいだけなのに。失敗ばかり……いつも、いつも……

「そうですね、このラピスラズリのネックレスを中心にして、ブレスレットは斜めに向き合わせましょうか」

閉店後、八階の催事会場では、全アクセサリー・ショップの販売員たちがそれぞれ与えられたスペースで、ジュエリー・フェアの準備に追われていた。

高丸百貨店に入っているアクセサリー・ショップは全部で十九店。今回はその中から大手ブランドを除いた十四店が出店していた。

「すみません、瀬能さん、あまり良い場所じゃなくて」

東京本社から届いた十個の段ボールから什器《じゅうき》類とディスプレイ用品を取り出しながら、水野は申し訳なさそうに謝っていた。菜緒たちの勤める『TOHKO』が百貨店から与えられたのは、エスカレーターからもエレベーターからもほど遠い、奥から二番目のスペースだった。お世辞にも客の目に触れやすいとは言えない。

「なんの、Gケースが二台置けて、僕の作業台さえ頂ければ、それで十分ですよ」

瀬能の物言いはあくまで優しく、恐縮している水野を気遣うものだった。

「でも……他の百貨店の支店さんは、もう少し良い場所をもらえているんでしょう。うちは今回、瀬能さんのパフォーマンスがあるおかげで、これでも面積をもらえた方なんです。せっかくいらして頂いたのに、大丈夫でしょうか、作業、やり辛《づら》くないですか」

「へぇ、僕のパフォーマンスが百貨店にも期待されているんですか。ますます頑張らなくちゃいけませんね」

笑顔で応えながら、瀬能は持参した商品をガラスケースに並べている。

「店長、このクンツァイトは？　瑠璃《るり》玉の大きさが目を惹くと思うんですけど」

「ああ、さすが香苗ちゃんね。どうですか、瀬能さん、あの、これは輸入ものなんですけど」

「『ＴＯＨＫＯ』のオリジナル商品にこだわることはありませんよ、輸入ものも『ＴＯＨＫＯ』の商品ですから。それも目立つ場所に飾りましょう」

和気藹々《あいあい》と三人の作業が進む中、朝、遅刻した時から肩身の狭い菜緒は、気後れしたまま、水野の指示通りに動くだけだった。

時間も気になっていた。腕時計の針はすでに午後九時を過ぎている。この作業が終わる頃には何時になっているだろう。一応政志には、帰りは十一時近くになるかも、とメールしたが、返事はなかった。

「川上さん、それ、いいですね」

「え」

瀬能に名前を呼ばれて、弾かれたように貌を上げた。

「そのストラップの並べ方、色の濃淡に意外性があって面白い」

手元を見た。特に何を考えるわけでもなく、自分が素敵だなと思うように並べただけだった。

「この子はお客様目線に長《た》けているところがあるんですよ」と、朝は怒っていた水野も言葉を添えてくれる。

「なるほど。じゃあ僕のカメオの陳列もお願いしようかな」

そう言って白い歯を見せる柔らかな笑顔に、菜緒の心は密かに躍った。

プロのデザイナーが、自分の陳列を褒めてくれた——

「どうでしょう、川上さん、ちょっと見て頂けますか」

「はい」

瀬能の笑顔がうつったように、菜緒の貌も自然とほころんだ。


部屋に帰ると、政志は今日もビールを呑みながらTVゲームをしていた。

いつものように菜緒は取るものもとりあえずキッチンに立ち、コンビニで買ってきたふたつの弁当を袋から出す。

「何時だと思ってんだよ」

「ごめん、今日は催事の準備で遅くなるってメールしたじゃない」

険のある口調で迎えられ、先刻までの浮き立つ気分が途端に萎《しお》れてしまう。

と、突然政志が立ち上がった。裸足の足裏で床を踏み鳴らし、大股で近づいてきた。

「口応えすんな!」

ドンと拳《こぶし》でまな板を叩かれ、菜緒は身をすくめた。

「ごめんなさい……」

「それによぉ」

背後に回った政志の手が、胸の膨らみを摑んでくる。

「帰ったらすぐにブラジャー外せとも言ったよな」

膨らみが、関節の太い十本の指で乱暴に揉みしだかれた。

「痛いよ、政志……」

「うるせえ！」

髪を摑まれた。床に引き倒された。そのままスカートがまくられ、太腿が大きく割られた。

「ちょっと……やだ！」

太腿を摑み上げたまま、政志はもう片方の手で自分のパジャマのズボンを降ろしている。まだあまり大きくはなっていない自身のものを手で擦りながら、その先端を内股の付け根にあてがってくる。

股間部分のパンティが横に引きめくられた。露になった裂け目に屹立が押し付けられた。

「いや、ちょっと、政志！」

普段から荒っぽいセックスを好む政志だった。レイプまがいの行為をされたこともある。その強引に求められている感じが、菜緒は好きだった。否も応もなく政志に自由を奪われ、無茶苦茶に抱かれるのは悦びでもあった。

でもここまで暴力的なのは嫌だ。怖い。政志が違う人間になった気がする。

「どうしたのよ、政志！」

拒もうと突き上げた手が、政志の貌に当たった。

「あ……」

口元を押さえるその目に、兇暴な色が宿った。

頬に激痛が走った。続けざまに張り倒され、肩から床に倒れ落ちた。

屈強な腕が上半身を押さえつけてくる。太腿が大きく開かれ、中心にいきなり肉の杭が打ち込まれた。

「やぁぁあっ！」

焼かれるような痛みに、絶叫を上げた。乾いた粘膜が太い火柱に引き裂かれるようだった。

「いや、いや、いやっ！」

だがどれだけ暴れても、政志の力には敵《かな》わない。ずっしりと重たい塊が、乾いた膣の奥深くまで沈んでくる。

開ききった太腿の間で、巨体が荒々しく動き出した。互いに濡れていない粘膜と薄膚が引っ掻き合うようだった。膣襞の表層がこそげ取られてしまいそうだ。こんなの、政志だって決して気持ち良くない筈なのに。

「いやっ……い、や……」

しゃくり上げながら、政志を見上げた。

そしてその貌に、泣き声が止まった。政志の貌も、泣くように歪《ゆが》んでいた。

「すぐに気持ち良くなるから……いつもみたいに……」

深い場所が、また力まかせに打ち刺される。

「んんっ……！」

そのたびに、重苦しい痛みが幾層にもなって下腹部を圧迫する。

だが歪みきった政志の貌を見て、嫌とは、もう言えなかった。

「気持ちいいだろ、ほら」

「うん……うん……」

苦しいのか、それとも政志の言葉を肯定してあげたいのか、菜緒は自分でもわからなかった。

折り曲げられた背骨が、キッチンの硬い床の上で軋《きし》んでいる。無理矢理押し広げられている太腿も内側の筋がどうかなってしまいそうだ。

でも政志から「気持ちいいだろ、気持ちいいだろ……」と繰り返し言われると、本当に気持ちいい気がしてくる。

「見ろよ、ほら、ここ」

「うん……」

太く頑丈な肉の塊が、自分の中に入ったり出たりしている。太い輪郭に押し割られて、粘膜がぱっくりと口を広げている。菜緒は痛みに呻きながらも、いつしかその光景に魅入られていた。

男のものは、どうしてこんなに力強いんだろう。そこだけ硬さが違う。肌の色も違う。まるで怒っているように筋を浮き上がらせて、私の粘膜を押し割り、突き上げてくる——

さっきまで暴力を振るう政志が怖かった。だがこうして荒々しさの根源ともいえる肉塊を見ると、その必死さが、なんだか責めてはいけないもののように思えてくる。わけもなく悲しくて、切なくなってしまう。

「ああ……」

引き裂かれるようだった膣の粘膜が、いつしか滑りを帯び始めていた。同時に、打ち込まれるごとに重苦しく溜まっていた下腹部の圧迫が、膣の裏側で溶けだしている。溶けて無数の水泡となって、体内できらきらと泳ぎ出している。

「いいよ……気持ちいいよ、政志……」

政志を見上げながら、苦痛の呻きは少しずつ喘ぎに変わっていった。

どうして仕事なんかあるのだろう。どうして外界と接しなきゃいけないのだろう。政志と私、ふたりきりでずっとこの部屋に閉じ籠っていたいのに。ご飯も食べないで、お風呂にも入らないで、着るものも要らない。ただ小さな虫のように、この部屋の床の上で、そっと生きていられればいいのに。

「……いくぞ」

打ち込まれる速度が高まった。膣の内側で水泡はますます輝き、波紋を描いて全身へ広がっていく。

政志の律動に合わせて、菜緒の腰も動いていた。ぐちょ、ぐちょ、と響く音は、ふたりが繋がっている証だ。貪り合う粘膜と粘膜が、行きつく果てまで互いを欲している。

「ああっ、いくっ、政志！」

「はっ、ぐ、うぅ……！」

同時に獣のような唸《うな》り声を上げた。

子宮に温かいものがかかった。その感覚がはっきりわかった。政志の核心が震えながら、思いの丈のすべてを吐き出している。

吐き出されるたびに、菜緒の膣襞は蠢動《しゅんどう》する。肉体の全部で、受け取っているよ、と伝えている。

「ああ、政志——好きだよ、好き……」

翌朝九時、いつもより早めに出勤し、八階の催事場に行くと、すでに水野が開店の準備をしていた。二坪ほどの店内で、ガラス什器や鏡を丁寧に磨いている。

菜緒もなにか手伝うつもりだった。だが挨拶を交わす前に、水野は菜緒を見て目尻をしかめた。

「今度は殴られたのね」

「あ……」

咄嗟に頰を隠した。そして目の前にあった鏡に自分の貌を映してみた。

確かに、昨夜政志に叩かれた右頰がうっすらと青く腫れている。だがほとんどファンデーションで誤魔化せているし、目ざとく注意されるほどの痕でもない。

「別にこれは……」

「誤魔化さないの。あんたね、駄目な男はどうしたって駄目なのよ。自分の愛情でどうにか出来るなんて、どうしようもない勘違いなんだからね」

冷然と言われて菜緒はまごついた。どうにか出来るって、なんだろう。政志をどうにかしようだなんて、考えたこともない。政志の仕事がなかなか見つからないのも、その苛立ちを、甘えられるただ一人の人間である自分にぶつけてくるのも仕方のないことだ。自分さえ納得していれば、なにもわからない他人にとやかく言われる筋合いはなかった。

口を噤《つぐ》んだ菜緒を見て、水野は呆《あき》れ貌で首を振る。

「まぁ、のぼせている人間になにを言っても駄目ね。とにかく仕事の為にも、体調だけは管理してちょうだい」

「はい……」

一応返事をしつつも、菜緒としては面白くなかった。せっかく昨日の遅刻を挽回《ばんかい》するつもりで、今朝は三十分も早く出勤したのに。

することもなさそうなので壁にもたれ、ガラス什器を磨いている水野をぼんやりと眺めた。ぽっちゃり体型の自分とは違い、黒のタイトスカートに包まれた水野の腰は、どうかすると折れそうなくらいに細い。その華奢《きゃしゃ》な腰を折り曲げたり伸ばしたりして、何度も同じ箇所を拭き、拭いては貌を近付けて確かめている。すでに曇りひとつないガラスをこんなにしつこく拭くなんてと、どこか神経質なほどのその様子を眺めながら、菜緒はなんとなくわかった気がした。

水野には潔癖症の気があるのではないだろうか。昨日、政志とセックスしたままの肉体で出勤した自分に、匂っていると嫌味を言ったのも、さっき、朝一番に政志のことで小言を言ってきたのも、その潔癖症故ではないだろうか。

たぶんそうだ。潔癖症で、それでもって三十二歳で独身。美人な割に、彼氏がいるとの話を聞いたこともない。政志とのことをうるさく言い続けるのは、自分の知らない男女の世界を、年下の販売員が経験していることに嫉妬しているのだ。あるいは欲求不満だ。欲求不満の苛々から、立場の弱い部下に八つ当たりしているのだ。

執拗なほどに店中のガラスと鏡を磨く水野の後ろ姿を見ながら、そう考えると合点がいった。

三十二歳にもなって水野は、心の底から誰かに甘え、甘えられたことがないのだ。菜緒が二十五歳ですでに知っている、全身全霊で男を愛し、愛される悦びを味わったことがないのだ。ゆうべ菜緒と政志がしたような理性を失うほどのセックスなど、水野には想像もつかないのだ。

政志も水野のような女は抱きたくないだろう。政志は菜緒の抱き心地の好い肉体が好きだと言っていた。ふくよかなEカップの胸がたまらないと言っていた。痩せた水野は見たところBか、あってもC程度だ。

開店前の店舗の壁にもたれながら、菜緒はまた陳列棚の上の鏡に目を向けた。いつもは自分の丸貌が映った途端、すぐに目をそらしてしまうのだが、さっきもいまも、不思議と穏やかな心で見ることが出来ている。貌を動かして可愛く映る角度を探してみたりもする。今朝の菜緒は、怖いものなどない心境だった。

なにからなにまで、政志と菜緒は合っていた。もちろん最初は、政志の乱暴な抱き方に戸惑ったこともあった。でも、真実の快楽と恐怖は紙一重なのだ。行きつくところまで行かなければ手に出来ない幸せというものがある。限られた人間にしか摑めないその快楽と幸せを、ゆうべ、菜緒は摑んだ。一段階も二段階も高みに昇った感がある。その証拠に、普段ならシュンとなってしまう水野の小言も、今朝は右から左へと流せる余裕があった。欲求不満のおばさんの小言など、憐《あわ》れんでやればこそ、まともに聞くべきものではなかった。

「おはようございます」

ハッとして声の方を見ると、まだ早い時間に出勤してきたのは瀬能だった。

「おはようございます」と、水野が馬鹿丁寧なくらい深々とお辞儀している。

「おふたりともお早いですね。今日から二週間、よろしくお願いします」

瀬能は大きなキャリーバッグを引いていた。それから椅子に座り、バッグを開け、中から木製の台やスティック、そして大きさの様々な白い石のようなものを取り出し始めた。

水野が興味深そうな貌で覗き込んでいる。

「それがシェルカメオの素材となる貝ですね。彫られる前のものは初めて見ました。なんて綺麗なんでしょう」

水野のように媚びを売るつもりはないが、その柔らかな輝きには菜緒も目を奪われた。手慣れた仕草で台やスティックを設置する瀬能の作業にも、熟練されたというのだろうか、特殊な技能を持つ職人ならではの美しさを感じる。

「僕がここでカメオを彫っているからといって、どのくらいのお客さんが興味を持ってくれるかわかりませんが、楽しんでやらせて頂きます。よろしくお願いします」


いまの時代、百貨店でアクセサリーの催事を行ったところで、客が画期的に増えるわけではない。賑《にぎ》わっているのはいわゆるデパ地下のみ。デパ地下ついでに一階もひやかす客もいるとして、二階から上は相変わらず閑散としている。

それでも広告の成果も多少はあり、日が経《た》つにつれて八階まで足を延ばす客も少しずつ増えてきた。また、瀬能によるカメオ彫刻のパフォーマンスも人の目を集めていた。おかげで『TOHKO』の店舗はほぼ一日中、客が途切れることはなかった。

「でも売れたのは、今日も三点だけでしたね」

高丸百貨店近くの居酒屋で、水野がビールを片手にこぼしていた。

今日は催事も折り返し地点の一週間目。仕事が終わってからスタッフ三名と瀬能の四人で、ささやかな呑み会が開かれていた。

「三つも売れたのなら大したものですよ。それにピアスを買ってくれたお客さんは、三日前に一度見に来て、今日、改めて買いに来てくれたわけでしょう。三日間、財布と相談しながら、僕たちのピアスを心に留めていてくれたんですよ。他にも見るだけだったお客さんの中で、催事中に戻って来てくれる人がいるかもしれない」

ビールからウイスキーのロックに移っている瀬能は、淡々とした口調で水野に励ましの言葉をかけている。

「でも……」

「売上げは後からついてきますよ。そんなに気にしてばかりいると、お客様を見る目がお金を見る目になってしまいますよ。むしろ、買わなくてもいいから好きなだけ見て行って下さいという姿勢で良いと思うんです。せっかく美しいものを売っているのだから、見ている人にはのびのびと自由な心地で楽しんでもらいたいじゃないですか」

「……そうですね。私も安くはないお店で洋服や靴を見る時って、つい背伸びして振舞っている自分に気付く時があります。決して安くはないアクセサリーを見に来て下さっているお客さんの中にも、肩に力の入ってしまう人がいるでしょうね」

「値段の張るものほど、売り手は安売り姿勢で良いんですよ。それが、良いものを扱っている者の自負だと思います」

「瀬能さんにそう言われると、なんだか気持ちが楽になります。瀬能さんの彫刻パフォーマンスも人だかりが出来るほど人気だし。催事が終わったら、私、ひとつ買おうかな」

「あ、私も」

と、水野ともうひとりの販売員、宮内は、なんだかんだとハンサムな瀬能との仕事を楽しんでいるようだ。

菜緒の方はテーブルの会話を聞きながら、五分に一度は腕時計に目を走らせていた。

催事が始まって以来、朝は九時に家を出、帰宅は午後九時半を過ぎる日が続いている。案の定、政志は連日、不機嫌だ。

それでも四日前に生理が始まったせいもあって、睡眠不足になるほどのセックスを求めてくることはなかった。ほとんど手と口で満足してくれている。生理痛の酷《ひど》かった一日目などは、代わりに風呂を沸かしてくれ、ベッドでは菜緒の腰をマッサージする優しさまで見せてくれたのだ。

一週間前のあのセックスから、なにかが変わっていた。ふたりの結びつきはますます強くなっている。出会って三か月、一緒に暮らし始めて二か月。菜緒はいま改めて、政志に恋し始めていた。仕事中も政志のことが頭から離れなかった。今日などは客の中に政志の姿を見た気がして、接客中に「政志」と声を上げ、後で水野から説教される始末だった。

今日の呑み会も本当は欠席したかった。だが「いいわよ、強制ではないわ」と答えた水野の冷淡な口調に、かえって嫌々ながらも参加せざるを得ない心境になってしまったのだ。

政志はちゃんと、夕飯を食べただろうか。

ハンバーグが投げつけられた。額に命中した。レンジで温めたばかりの挽肉《ひきにく》とソースが目に垂れ落ちた。

熱さと痛みに目を押さえて蹲《うずくま》ったところへ、続けざまに春雨サラダもぶちまけられた。キュウリや卵、ハムが色とりどりに絨毯を汚した。

「政志、ごめん」

べっとりと貌中にソースを付着させたまま、菜緒はTV画面に向いている政志に謝った。

時刻は午後十一時半を過ぎていた。冷蔵庫にレトルト食品があるにはあるが、政志はひとりで食事を摂《と》ることを好まない。こんな夜遅くまで、お腹を空《す》かせて菜緒の帰りを待っていたのだ。

「いつも呑み会は断ってばかりだから、今日はどうしても行かなきゃいけなくて……特に催事の最中だし……」

「あのおっさんも一緒だったのか」

「え？」

「カメオとかってのを彫ってる中年男だよ」

一瞬言葉に詰まり、政志を見た。険しい横貌が、ちっ、と舌を打ち、一層歪んだ。

「政志……催事に来てくれたの？　あれはやっぱり政志だったのね」

「うるせえよ！」

今度はビールの缶を投げつけられた。角がおでこに当たり、たらりと零れたぬるいビールが目に沁みた。

「そうだよ、暇だし、ついでもあったから行ってやったよ。そしたらおまえ、あのおっさんに媚売ってニタニタ喋《しゃべ》ってやがって」

「嘘、そんなことないよ、私はずっと政志のことを考えてたよ」

「黙れ！」

テーブルが蹴飛ばされた。ラックに当たり、弾みでＣＤや本や花瓶がバサバサガタンッと、派手な音を立てて床に落ちた。

激昂《げっこう》した政志は手に負えない。菜緒は身を硬くし、政志の次の行動を待つしかなかった。

指を開いた手が伸びてきた。襟元を摑まれた。ぐいっと引っ張られる。

「なんとか言えよ！」

頰を殴られた。キーンと鳴った耳鳴りよりも大きく、怒声が響いた。

「なんだよっ、俺のことわかってるような貌しやがって。調子に乗るんじゃねえよっ！」

「調子になんか――」

言い終わらないうちに、また耳を打たれた。菜緒は抵抗せず、唇を嚙み締めた。黙ることを示す為だった。

殴りたいのなら殴っていい。それが自分に対しての訴えであるのなら、どこまでも受け入れる。わかっている。暴力的なほどの愛情を、政志はそのままぶつけることしか知らないのだ。

ぞんざいに襟がはだけられた。ボタンが弾け飛び、パラパラと絨毯を鳴らした。

直後、床に押し倒された。後頭部が鈍い音を立てた。痛みに声を上げる間もなく、ブラジャーがひんむかれた。ホックが破れ、丸々とした乳房がぷるんと零れる。

その膨らみが、爪を立てた手にわし摑みにされた。

「あああっ」

悲鳴を上げた。

暴力的な政志の愛撫。のしかかる手に胸が圧迫され、息が苦しくなる。力まかせに揉みしだかれる乳房に、乳腺が千切れるような痛みが走る。

「感じるだろ、おまえはこうされて感じるんだろ」

「う、ん……ん……！」

これでいい。政志をこうさせているのは自分だ。政志も自分が相手だから感情を爆発させているのだ。愛しい男がここまで己を剝き出しにした姿を、どうして拒絶出来るだろう。

揉み上げられた両の先端に、鋭い電流が走った。政志が歯を立てて左右の乳首に交互にむしゃぶりついている。ちゅぱっ、じゅるっ、と音を立て、鋭利な刺激を送り込んでくる。

「ああっ……感じるっ」

そう言葉に出して叫んだ。叫べばそれが真実となる。政志が信じれば、信じた通りにこの身は感じる。

涙の浮かんだ目で政志を見た。自分の胸の上で、貪欲なくらいに乳首を舐め上げ、口の中で弄《もてあそ》んでいる、その窪《くぼ》んだ頰の動きが切ないほどに愛しい。

いつしか両の突端は尖りきっていた。肉体もこうして政志に応えている。

ゴツゴツとした指が太腿にかかった。

「もう血はあまり出てないんだろ」

「え」

答えを待たずに、手は無造作にスカートをたくし上げた。

「待って、まだ——」

まだ生理の出血は少しある、せめて風呂場に行こう、フローリングならともかく、絨毯を汚すと後が大変だ——

わずかに抵抗を見せた菜緒の頬が、またバチンッと鳴った。

頬を押さえ、政志を見上げた。

痛みよりも、いつもに輪をかけて兇暴な政志に、ふと怯《おび》えが湧いた。

「……政志？」

「なんだよ、その目は」

ストッキングに手がかけられた。びりびりと引き剝がされた。破れたストッキングが、今度は口に押し込まれた。

「んぐぅ……ぐぅっ！」

ナイロン生地が喉の粘膜を擦る。咳き込みながら、必死に首を振った。乱暴なのはいい。でもこんな粗末な扱い方はして欲しくない。

ストッキングを抜き取ろうと腕を上げた。直後、両の手首に爪が食い込んだ。脚がぐいっと開かれた。

まだ十分に濡れていない秘肉に、火柱がめり込んできた。

「ぐぅっ、んぐぅっ！」

首を振り続けた。また頬を殴られた。鼓膜の奥がドーンと響いた。

「嫌だ、嫌だと言いながら、結局おまえはいつも感じるんだから。ほうら、もうぐっしょぐっしょ。聴こえるか」

嘘だ、どうして、どうしてそんな言い方するの——

政志の肩に載せられた両脚の間で、太い肉塊が出し入れされている。自分のアソコはまだそんなに濡れていない。むしろ、どんどん乾いていく。

剛直に突き抜かれるたび、菜緒の喉は呻きを上げた。薄い絨毯に剝き出しの腰が擦れて痛かった。呼吸も苦しい。ねじり上げられた手首も痛くて堪らない。どんなに泣いても政志は手加減せず、力まかせに怒張を打ち込んでくる。

でも、政志の言う通りなのだろうか。この痛みも、恐怖も、政志に与えられたものなら、やがて快楽に変わるのだろうか。いつものように。

ストッキングを詰め込まれた口で、呻きとも喘ぎともわからない声を発しながら、菜緒はその時を待っていた。

「どうだよ、こんなに濡れてるくせして」

「……ぐっ、うっ……」

「あの店長、水野っていったっけ」

突然、水野の名前が出た。

「三十二っていってたよな。年喰ってる割にいい女じゃないか。今度おまえ、誘って来いよ」

「ごふっ、ぐ……」

「想像しろよ、俺とあの女とおまえと、3Pしてるところ、ほら」

なに……なにを言っているの……？

首を振りつつ、ぐ、ぐ、と声を上げた。

政志の手は条件反射のように菜緒の頬をぶつ。

「おまえだって思ってるんだろ、あのカメオを彫ってるおっさんとやってみたいって」

さらに激しく首を振る。意思を示すたびに殴られることがわかっていてもだ。自分とセックスしながら、政志が自分以外の人間を想像していることが悲しかった。

左右の耳や頬、口元に掌を浴びせられた。乳肌を爪で搔き毟られた。

わからない。これもいつもの政志のいたぶり方なのだろうか。今日はエスカレートし過ぎているだけなのだろうか。

摑まれていた両手首はいつしか解放されていた。だが、抵抗する気力はもはや壊死《えし》していた。ただ他の人間の名前だけはこれ以上聴きたくなかった。

――私たちはこの部屋で、虫のように生きていくのよ。ふたりきり、誰にも邪魔されず、小さく自由に生きていくのよ――

涙が出た。鼻が詰まり、息を吸えない。懸命に吸うたびに、喉が嵐のように鳴る。

「ごぅ、うぅ……んぐっ」

打ち付ける怒張が勢いを強めた。腰骨が絨毯に擦られ、皮膚が擦り切れそうだ。

でも、菜緒は手を伸ばした。力の入らない腕を懸命に伸ばし、政志の背中を抱き締めた。

政志を受け入れられるのは自分だけだ。この自分をここまで激しく求めてくれるのも、政志だけだ。

膣の中で、太い火柱が暴れている。鬱屈を吐き出したくて、やみくもに藻搔《もが》いている。

菜緒も一緒に藻搔こうと思った。なりふり構わず、行き尽くところまで、政志と足搔《あが》き続けたかった。

「ぐっ、が、あ……！」

乾燥した髪を撫でた。怒りの形相を浮かべる荒れた肌を撫でた。

この人を包み込むには、自分がどうなれば良いのだろう。どうすれば、ふたりで幸せになれるのだろう――


歩くたびに、ギシリと股関節が軋むようだった。内腿の奥、腫れ上がった陰部もズキズキする。一晩中、政志に押さえつけられていた手首も肩も痛い。控室のロッカーを閉めるのにも難儀し、重い脚どりで、菜緒は八階フロアに上がった。

まだ販売員のまばらな開業前の催事場だったが、案の定、水野はすでに出勤していた。そしてマスクをした菜緒の貌を見た途端、

「見せなさい」

抑揚のない低い声だった。

ためらいつつ、マスクを取った。

ゆうべ、政志から殴られた痕は、左目の周囲から顎にかけて赤黒く残っていた。貌全体も不穏な感じで腫れている。泣いたせいで両の瞼も腫れ、目も充血していた。この惨状がマスクで誤魔化し切れないのは、朝、鏡を見た時からわかっていた。

水野はしばらくの間、冷めた目つきでその貌を眺めていた。しかしもう「あの男と別れろ」だの「いい加減にしろ」だのと言わなかった。ただ一言、「帰りなさい」と言った。

「え……」

「そんな貌で店に立って、お客様にどんな印象を与えると思うの。こちらから連絡するまで、もう来なくていいわ」

二重に打ちのめされる思いだった。これはひょっとして、《クビ》を宣告されたのだろうか。

「でも、私……あの……」

しどろもどろの菜緒に、水野はにべもなく背を向けた。そのままガラス什器を拭く作業を再開させた。

「店長、あの……」

なにか言い訳しなきゃと考える。

でも、どんな言い訳もガラスに当たる水のように撥《は》ね返されてしまいそうだった。あれだけ政志のことでうるさかったのに、いまは取り付くしまもない、決然とした背中を見せるだけの水野だった。

菜緒の目に涙が滲んできた。腫れた瞼がじんわりと痛んだ。立ち去る勇気も出ず、かといって弁明も出来ず、その場に立ち尽くすしかなかった。

そこへ「おはようございます」と、下の方から声がした。びっくりして声の方を見ると、瀬能が床にしゃがんでなにかを拾っている。

「今日もお早いですね、川上さん。いやぁ、うっかり彫刻刀をぶちまけてしまって。昨日の酒で二日酔いみたいです」

いつものように穏やかな笑顔を浮かべている瀬能だった。久しぶりに温かなものに触れた気がして、菜緒はまた涙が溢れそうになった。

瀬能は「水野さん」と、今度は水野に笑みを向けた。

「差し支えなければ、川上さんを僕の助手にさせて頂いても良いですか」

「どういうことですか」

意外な瀬能の申し出に、水野が怪訝《けげん》な表情を浮かべる。

菜緒も意味がわからず、瀬能を見るしかなかった。

「すみません、催事場でカメオを彫るのは初めてなもので、誰か手伝ってくれる人がいたらなと思っていたんです。おふたりさえ良ければ、川上さんに助手をお願いしたいのですが」

眉根を寄せたまま、水野が菜緒を見た。

菜緒はぶんぶんと風音の鳴りそうな勢いで、首を縦に振った。

「こんな大きなカメオもあるんですね」

瀬能の手の中で、直径十五センチはありそうなシェルカメオが彫られていく様に、菜緒は目を奪われていた。

カメオは木製のスティックに固定されている。瀬能は十数種類の彫刻刀を使い分け、白い貝の肌を削っている。その繊細な彫刻刀捌きと、ひと削りごとにうっすらと舞う白い粉、白い粉の一粒一粒にまで視線が惹き付けられ、ハッと集中を解いて全体を見ると、優美な女性の横貌が少しずつ浮かび上がっているのだった。

「作り手や求める方次第で大きさも柄も変わりますよ。もっともこれはお客様に見せるパフォーマンス用。大きい方が人目を引くでしょう」

「私、カメオってよくわからなかったんですけど、なんだか幻想的な美しさがあるんですね……」

どこか憂いを含んだ女性の横貌に、見れば見るほど魅入られそうになる。

「そう言って頂けて、嬉しいです」と、瀬能がにっこり微笑む。

青痣《あおあざ》だらけの貌をマスクで隠している菜緒に付き合って、瀬能もマスクをしてくれていた。

「ふたりしてすれば、人はカメオ職人ってマスクをするもんなんだなと思ってくれますよ」

と、白布に覆われた貌の中で、笑うと垂れ目がちになるその目が、ますます際立って優しく見えた。

ガラスケースに陳列されている他の瀬能のカメオには、一般的によく見る女性の貌や花の他、動物や鳥が描かれているものもある。

「柄も様々なんですね」

「ええ、犬でも猫でもイルカでもサンマでも、なんでも彫ります」

「サンマもですか」

くすっと笑った時、男女ひと組の客が近付いてきた。女性の方は男と手を繋ぎながら、瀬能のカメオを指差していた。

「ほらね、ヒロ、素敵なのがいっぱいあるでしょう」

「本当だ。へえ、いま彫ってるのも凄いね」

ふたりとも菜緒と同じ、二十代半ばくらいだ。

「いらっしゃいませ」

瀬能がマスクを取った。

「僕たち、今度結婚するんですけど、彼女が記念にカメオが欲しいって言い出して」

「『ＴＯＨＫＯ』さんに、イタリア帰りのカメオ職人が入ったって聞いたんです。あなたのことでしょう。ねえ、カメオでティアラを作って欲しいんです」

「それはおめでとうございます。ティアラもお作りいたしますし、お式後はそれを髪留めやブローチ等に作り替えることも可能ですよ。ご結婚のお祝いということで、お値段もサービスさせて頂きます」

「きゃあ、嬉しい！　それ、お願いします」

瀬能の返答に、女性ははしゃいで男に腕を絡ませる。

「よろしければ一か月ほどお時間を頂ければ、オーダーメイドでお作りいたしますよ」

「あん、絶対オーダーメイド。いいよね、ヒロ」

「仕方ないなぁ。それで、あの、値段は……」

瀬能はガラスケースに陳列しているカメオを一つ一つ手に取りながら、「例えばこのような柄ですと……」と説明を始める。女性はいちいち「これ素敵！」「可愛い！」と、じゃれつくような声を上げている。聴こえてくる中には「三十万」「八十万」といった金額もあった。

ひとり椅子に座って三人の姿を眺めながら、菜緒の目尻がマスクの内でまたじんじんと疼きだした。

悲しみから目をそらそうとするのは、決して逃げているだけじゃない。誰だって惨めにはなりたくない。惨めな上に、ひがんだり誰かを恨んだりするような嫌な自分になりたくなくて、必死に現状と闘っているのだ。

なのにそういう時ほど、現実は追い打ちをかけるシチュエーションを寄こしてくる。間の悪い自分の宿命なのだろうか、残酷な駄目押しがこれでもかと投げつけられる。

「それではよろしくお願いします。楽しみにしていまぁす」

「またこちらからご連絡いたします」

幸せな笑み満面で帰っていくカップルを見送り、瀬能が椅子に戻ってきた。

「すみません、話が中断してしまいましたね」

彫刻刀を持ち、ふたたびカメオを彫り始める。

「別にもういいです」

仕事だとわかっているのに、それ以上に単なる八つ当たりでしかないのに、菜緒はあのふたりに祝福を送っていた瀬能に対してもムクれたい気持ちだった。

菜緒も政志との結婚を夢見ていた。いまも見ている。政志と幸せな家庭を築くことが出来ればどんなに良いだろう。

でも政志の方はどうなのだろう。ゆうべのレイプまがいのセックスを思い出すと、政志の心がわからなくなる。

いや、それもわからない振りをしているだけなのだろうか――

ネガティブな感情のままに、菜緒は政志とのこれまでの日々を思い返していた。

菜緒が疲れている時も、翌日の早い日でも、政志は自分の欲望を優先するばかりだった。生理であっても当然のように口で出させた。

乱暴に抱いた後、政志が菜緒の体の傷を介抱してくれたことはない。菜緒が自分で患部を冷やし、絆創膏《ばんそうこう》を貼る。陰部の愛液も放たれた精液も、自分で始末する。その時、政志はとっくにベッドに入っている。菜緒に背を向けて寝ている。

本当は淋しかった。もっと優しく、大切にして欲しかった。愛されていないのではと不安になる時もあった。

その淋しさと不安に、菜緒は政志のなかなか職につけない現状に同情することで折り合いをつけてきた。これが政志という人間なのだからと納得しようとしてきた。そうして政志の言動の中に自分への愛情を探し続けてきた。でも——

いまはわからない。殴られるのは本当に痛い。痛くて惨めで堪らなくなる。いまの菜緒はひたすら痛みが怖く、でもその痛みを与える政志のことは——失いたくない。痛みよりも、政志を失うことの方が怖い。

「川上さんなら、どんな柄にします？」

「——え」

瀬能がまた話しかけてきた。無愛想な態度を取ったにも拘《かか》わらずニコニコと、菜緒に付き合ってのマスクもまたしている。

「カメオの柄です。あのおふたりは彼女の貌をモチーフになさいましたが」

「……私、結婚の予定なんかないですし」

ぶっきらぼうに答えた。能天気な質問がいまの心象に障る。

瀬能は気にする様子もなく、

「カメオという呼び方はアラビア語の《KHAMEA》から来ていて、日本語では《護符》という意味なんです。昔はお守りでもあったんですね。川上さんならどんなカメオをお守りとして持っていたいですか」

「お守りなんて無意味なものに出すお金、ないですし」

結婚間近の幸せそうなカップルへの嫉妬と、それとは対照的な状況にいる自分への惨めさから、ついひがみ言葉ばかりが出てしまう。

「ああ、高いですよねぇ」

と、瀬能はにこやかに答えた。

「僕の作品も『TOHKO』の信用で良い値をつけてもらってるけど、以前、路上で店やってた時は、小さなピアスなら三千〜四千で売ってたんですよ。時には素材の原価を割っても、誰かが自分の作った作品に惚《ほ》れてくれるだけで嬉しいですからね」

「ふぅん、路上で店出してたんですか」

　少し意外だった。端正で育ちの良さそうな瀬能の外見から、アクセサリーの露店をしていた姿は想像しにくかった。

「でも、たとえ無料《タダ》でも着けていく場所もないし。仕事着の一部になるだけなら要らないです」

　言いながら、菜緒は自分に対しても意外なものを感じた。普段なら生来の気の弱さから、ここまでつっけんどんな台詞を吐くことなど出来ない筈だった。

「確かにそうですね。飲食店に賄いがあるように、アクセサリー・ショップにも賄いアクセサリーがあってもいいですよね。うん、どうせ余ってる石もあるみたいだし、若いデザイナーたちの勉強にもなるし。東京に戻ったら社長に言おう」

　と、また朗らかに笑う、このどこまでも優しげな笑顔が相手を油断させるのだろうか。

　そうなのかもしれない。そして政志も、相手が自分だから油断しているのかもしれない。油断しているから好き勝手に振舞い、時には暴力まで振るう。優しさは時に、相手の醜さを釣り上げる餌のようなものなのだろうか。

「瀬能さん」

「なんですか」

我知らず改まった菜緒の声にも、瀬能は屈託のない笑みを寄こす。

「さっきのカップルがオーダーしたカメオ、どうやって彫るんですか」

「明日の仕事終わりに、男性のお宅へお邪魔することになっています。そこで彼女をモデルに下絵を描かせて頂いて、東京に戻ってから素材のシェルを選び、彫り始めます」

「では」

肚《はら》を括《くく》って言った。

「今夜は空いてるんですよね。私もオーダーしていいですか。三千円なら払えます」

「もちろん。光栄です」

「私をモチーフにして下さい」

「わかりました。となると下絵を描くお時間と場所を頂くことになりますが」

「だから時間は今夜。場所は瀬能さんの泊っているホテルでどうですか」

意外ついでに、いままでの自分ならあり得ない台詞を吐いた。男性の泊っているホテルの部屋に、しかも夜に入ろうなどと。アパートで待っている政志のことを差し置いて。

しかし菜緒は覚悟を決めて、油断した自分になってみようと思った。瀬能の優しさに、つけ上がってみたかった。

瀬能は、信じていた通りの応えをくれた。

「ええ、川上さんさえ良ければ、そうしましょう」

肚を括って自分から申し出たにも拘わらず、菜緒はいまの自分が信じられなかった。

夜の十時。恋人でもない、会って一週間そこその男性の泊っているホテルの部屋で、ソファに座り、缶珈琲を飲んでいる。

テーブルの上には男と一緒にコンビニで買ったおにぎりやサンドイッチ、サラダやスナック菓子が広げられている。

男は向かいのソファでウイスキーのロックを呑みながら、スティックの先端に五センチほどのシェルを固定している。

先刻、サンドイッチを齧ってはみたが、口の中の傷が痛み、まともに咀嚼《そしやく》出来なかった。

そこで改めて思い直してみれば、昨夜政志に殴られて、腫れ上がった青痣だらけの貌だった。

ただでさえ大して可愛くもない丸貌の自分だ。それがますます不細工になっているというのに、なにを血迷ってこの貌をモチーフにカメオを作って欲しいなどと言いだしたのか。

「では下絵を描いていきますが、じっとして頂かなくても大丈夫ですよ。疲れたら言って下さい」

瀬能の方は相変わらず一定の節度を保ちつつ、落ち着いた笑顔を絶やさない。モデルである自分よりも遥《はる》かに美しい佇《たたず》まいだった。

「こういう風に女性をモデルにすること、よくあるんですか」

「たまにいらっしゃいますよ。ご自分だけでなく、飼っている犬や猫と一緒に彫って欲しいという方も」

「そうですか」

やっぱりだ。夜遅く、ホテルで女とふたりきりとなっても紳士然としているのは、自分など女というより犬や猫と同列で見ているからだ。

「私みたいなブスをモデルにするなんて、難しいでしょう」

「川上さんは十分、可愛らしいじゃないですか」

「無理しなくていいです」

本来なら口に出すほど惨めになるいじけた思いも、瀬能の前では開き直って言えた。どんな言葉にもおおらかな返答が返ってくる安心感があった。だから膿《うみ》を絞り出すように、菜緒は自分を冷笑する思いを吐き出した。

「私の取り柄って胸だけなんです。胸だけは大きくて魅力的だって彼氏に褒められるんです。この胸がなきゃ、彼にも相手にされなかったかも」

「へえ、それはぜひ拝見してみたいです」

あっさりとした口調で、瀬能はそう答えた。

「嘘、私なんかの胸、見たいですか」

「美しい形をしていらっしゃるのは衣服の上からでもわかります。美しいものはなんでも見たいし、彫ってみたいですよ」

性的な含みは感じられない、さばさばとした物言いだった。

そのせいもあった。不細工で好きな男から大切にされない自分が昼間のカップルの女に勝てるのは、Eカップのこの胸だけだという思いもあった。

そしてこの瀬能という男に、自分の肉体の一番美しい場所を見てもらいたいとの欲求が、ふと湧いたのだった。

ホテルの淡い照明の下で、ブラウスの胸元に手をかけた。ひとつひとつ、ボタンを外していく。白いブラウスがはだけ、深い胸の谷間が露になる。

相手がなにをしようとしているのか、瀬能はわかっている筈なのに、黙ってソファに座ったまま、こちらを見ている。

ブラウスを肩からおろした。上半身は水色のブラジャー一枚となった。そのブラジャーのホックも外す。

肩紐を肩から降ろすと、豊かな胸が重たげに揺れた。

「私の貌だけなんて絵にならないから、この胸から上をモチーフに彫って下さい」

「お貌も胸も、大切に彫らせて頂きます」

静かに頷き、瀬能は立ち上がった。

一瞬、体が身構えた。だが瀬能は衣服を脱いだ菜緒の為に、壁に設置されたコントローラーで室内の温度を上げてくれたのだった。

ソファに戻ると、瀬能は再度スティックを左手に持った。そして右手には細い針のようなものを持ち、その針先を貝の肌に当てた。

「まず、おおまかな輪郭を彫らせて頂きます」

尖った刃先がそっと白い貝肌を撫でる。表面が柔らかく削られた。

乳房を露にした菜緒の上半身が、これからそこに描かれていくのだ。

静寂の中で、瀬能の針先が貝肌を削る音だけが響きだした。

針が頰を描く。瀬能の目も菜緒の頰をなぞっている。唇を描く。その目は唇に触れている。

首筋、肩を這い、乳房の丸みが撫でられる。

ふっくらとした膨らみの稜線が慎重に刻まれた。その先端に、小さな果実のような乳首が描かれた。なんて愛らしいのだろう。瀬能の目に、この乳首はそんなに可愛く映っているのだろうか。

深呼吸した。胸から上を意識し過ぎるあまり、息を吸う肺までこわばっている。なんとか深く吸い込み、吐いた、その息音が、沈黙した空気の中で過剰に湿っている気がする。瀬能の耳にはどう聴こえただろう。

瀬能を見ると、その目は他の五感を捨て去ったかのように、目の前の自分の肉体に集中していた。まるで眼球そのものが命を持っているようだった。

「女の人のヌードを彫る時、その、やっぱり……」

ふたりの間に放った湿り気を打ち消したくて、菜緒は小声で訊いた。

「緊張したり……しますか」

失言だった。逆に意識している自分を悟られてしまう。

だが瀬能は指を動かしながら、

「初めての時は緊張しましたよ。その人もあなたと同じように、自分からいきなり脱いだんですが」

「……綺麗な人ですか」

「ええ、とても」

そう答えた瀬能の口元に、普段の高潔な仮面を滲み破る、かすかな潤いを感じた。初めて見る、男としての貌だと思った。

「その人は、彼女……とか」

「その日から、僕の恋人となりました」

「羨ましい」

羨ましいと、心の底から思った。瀬能に愛される女性なら、きっと賢く美しく、気立ても良いに違いない。コンプレックスなどひとつもなく、毎日を活き活きと生き、そしてこの優しい瀬能から、女が得られる限りの幸福を与えられたに違いなかった。

初めてその女性をモデルにした時、瀬能は性的な昂奮を覚えただろうか。覚えただろう。そして彼女を抱いただろう。彼女は愛しい男に抱かれる幸福の中で、思う存分、自分をさらけ出しただろう。

「まぁ昔の話です。さあ、下絵は描き終えました。ああ、もう十時半ですね」

ふたたび瀬能は立ち上がり、バスルームからバスタオルを持ってきた。

タオルがふんわりと、肩にかけられた。

「どうぞあちらで洋服を着て下さい。駅まで送っていきますよ」

タオルをかけたまま、菜緒は俯《うつむ》いた。唇を嚙み締めた。

「瀬能さん……」

今日、三度目の勇気を振り絞った。

「……帰りたくないんです」

そう呟《つぶや》いた菜緒に、彫りかけのカメオを箱に入れていた瀬能が動きを止める。

こちらを見て小首を傾《かし》げる瀬能に、もう一度言った。

「帰るの……怖いんです」

ようやく、この言葉を口に出来たと思った。

政志が好きだ。政志とずっと一緒にいたい。だからその気持ちを否定するような感情は、心の奥底に溜まっている澱《おり》の中へ埋めていた。いったん掬い上げたら、自分はもうその感情を誤魔化せない。はっきりと現れた恐怖に負けてしまう。

でも、正直になることの心地好さに、いまは引き摺《ず》られてみたかった。

怖い。政志の暴力が待っているアパートの部屋が怖い。好きな人から大切にされない、惨めな自分を待っている部屋が怖い。

「わかりました」

瀬能はそれだけを言い、冷蔵庫を開けて、缶ビールを取り出した。

コトンと、菜緒の前のテーブルに置く。そして自分はグラスにウイスキーを注《つ》ぎ足した。

「わかったんですか」

訊いた。訊きながら瀬能を睨んだ。正直になりついでに、つっけんどんな自分も我儘《わがまま》な自分も遠慮なく出せていた。いまも、ここぞとばかりに怒った顔をしてみせた。

瀬能は困ったような笑みを浮かべて、菜緒の缶ビールのプルトップを開けてくれる。

「すみません、わかってないかもしれませんね。まぁ呑んで下さい」

「呑みますよ」

冷えた缶を持ち上げ、ゴキュゴキュと喉に流し込んだ。

信じられないが、気持ち良かった。男性の前で、いまだバスタオルから乳房をはみ出させたまま、ここまで奔放に振舞っている自分が。

瀬能は目尻に笑い皺を溜めて、そんな自分を見つめている。

コンと高い音を鳴らして、缶を置いた。

「つまり、セックスして下さいってことです。今夜、私と」

言った。弾みに乗って、この状態で一番過激なことを言うとすれば、これしかなかった。

性欲を覚えているわけではない。瀬能に対して憧れめいたものはあるが、それ以上の感情を抱いているわけでもない。

それでもセックスがしたかった。タブーを犯してやりたかった。

「抱いて下さい、私を」

覚悟は決めた筈なのに、ベッドへ向かう瀬能を見ていると、心臓がどんどん高鳴ってくる。シーツをめくり、瀬能が座った。無言のまま、柔らかな表情でこちらを見ている。

おずおずと、菜緒は腰を上げた。瀬能の隣りに腰を降ろした。

肩にかけられたバスタオルが、そっと落とされた。反射的に上げた二の腕が、背後から抱かれた。ふたり一緒に、ベッドに横たわった。

乳房を隠している二の腕が撫でられる。その手は肘《ひじ》をくすぐり、腰に着地した。きゅっと目を瞑《つむ》った。スカートのファスナーが降ろされていく。

その手の動きに、菜緒は硬くなった肉体を任せていた。ストッキングも時間をかけて、足の爪の先まで丁寧に扱われて降ろされる。

パンティに手をかけられた。薄布が徐々に下に降りていく。肌が空気に晒される。腰骨のあたりに、瀬能の唇を感じた。

「あ、ん……」

自然に吐息が漏れるほど、甘ったるい感触だった。

温かな唇は、パンティが降ろされるのと共に、腰から太腿、膝、脹脛を愛撫する。

緊張と、一糸纏わぬ姿となった恥ずかしさと、愛撫からもたらされる甘やかな痺れに、肉体が胎児のように丸まっていく。

唇はふたたび二の腕に戻り、今度は、つ——と上がってきた。耳たぶに、湿った吐息がかかった。

「はん……ん……ふぁ……」

舌先でそっと髪を掻き分けながら、耳の裏、耳たぶをなぞられる。舌は内側にも入り込み、軟骨の形に沿って舌の感触を送り込む。

「あ、ああ……！」

気持ちが良すぎて、あからさまに反応してしまう自分が恥ずかしい。動き回る舌から逃げるようにベッドにうつ伏せてしまう。

すると今度は背中に唇が触れた。それだけでビクッと震えてしまうほど、全身の肌が敏感になっていた。

正中線に沿って舌先が這わされる。下へ、上へと動くたび、皮膚の下では、まるで磁石に吸い寄せられる砂鉄のように、快楽の粒がぷちぷちと弾けながら移動する。

背後で瀬能が衣服を脱ぎ始めている。シャツが柔らかな音を立てて床に落ちた。続けてベルトのバックルを外す金属音。カチャカチャと小さく鳴りながら、これも床へ消えていく。

全てを脱ぎ捨てた瀬能の裸体が、ふたたび菜緒を背中から抱き締めた。脚と脚が絡みついた。肌と肌がぴったりと密着した。

「力を抜いて下さい」

頬の上で、唇がそう囁いた。

しっかりと抱き締めてくれる腕のぬくもりに、菜緒が最初に感じたのは安堵だった。裸で抱き合うことがこんなに気持ち良いということを、初めて知った気がした。

だが次の瞬間、ふたたび背筋に緊張が走った。瀬能の男の象徴が、ぴったりとくっついた尻肉に硬直を伝えていた。

――ああ、私はこの人とセックスをするんだ――

改めて、その思いが湧いた。先刻まではまだ迷いがあった。だが、いまは違った。いま菜緒が抱いた緊張には、不安よりも期待が込められていた。菜緒の肉体はいつの間にか、瀬能に委《ゆだ》ねられていた。

耳たぶにキスをしながら、瀬能の手が菜緒を仰向けにする。乳房を覆っている腕が取られ、両脇に置かれた。ベッドサイドの淡い照明の下で、たぷん、と乳房が晒された。

「綺麗な胸です」

瀬能の目が優しく、両の乳丘を見つめている。

さっき、モデルとなってこの胸を見せていたのが嘘みたいだ。いまの方が何倍も恥ずかしくて、肉体が火照《ほて》ってくる。この胸もきっと、さっきとは違っている。まだなにもされていないのに、内側にじんわりと熱が溜まっている。この人に触れられることを求めている。

指が、乳房に近付いてきた。

菜緒は目を閉じた。皮膚のすぐそばに指先の気配を感じるだけで、まろやかな静電気に撫でられるようだ。

そっと、乳肌を撫でられた。

「ん……あんっ……」

喉が勝手に鳴ってしまう。

うっすらと爪が立てられた。そのまま触れるか触れないかくらいの微妙な力で、乳丘を昇ったり下ったりし始める。

「あ、ん、あ……」

ひとりでに声が高くなっていく。腰のあたりがヒクン、ヒクンと震えてしまう。

「ん、あんっ……ど、どうして……」

喘ぎながら、菜緒は呟く。

「どうして……こんなに……」

五本の指はさわさわと、多脚虫のように乳首の周囲を這い始めた。

「はぁっ……あ、あ、あ……！」

上擦った声を上げながら、呼吸がどんどん荒くなる。

「いいですよ、もっと感じて下さい」

「わたし……いつもは……あ、あんっ！」

いつもはこうじゃないのに——

瀬能にいやらしい女だと思われることが恥ずかしくて堪らない。

でもこの肉体の自然な反応を、抑えたいとは思わない。

指先は乳房の曲線を這い、うぶ毛を逆撫でする。そうかと思うと、温かな掌で乳丘全体が押し包まれる。隠微な感触と蕩けるような快感が漣《さざなみ》のように肌を行き来し、皮膚の下に浸《し》み込んでくる。

「はうっ、あぅんっ、あんっ！」

喘ぎは途絶えることなく、ホテルの低い天井に放たれていた。

「あふんっ！」

その声が、一層高く響いた。乳首が、瀬能の唇に含まれたのだ。

「ああ……瀬能さん……あ……！」

尖りきった乳頭が、口の中で柔らかく転がされている。背中や耳への愛撫と同じく、どこまでも優しい舌の動きだ。

「乳房はこんなにふくよかなのに、乳首はとても小さくて可愛らしいんですね。まだ熟《う》れていない果実みたいで、なのに甘い」

瀬能のその言葉だけで、菜緒の腰はまたビクンと反応する。乱れ過ぎている自分が恥ずかしい。

でも、嬉しい。

長い時間をかけて、瀬能は乳首を舐めてくれている。こんなに丁寧な愛撫を受けるのは生まれて初めてだ。それだけで幸福感がじわじわと湧き上がる。さらなる快感が生まれてくる。

「瀬能さん……私、どんどんおかしくなる……」

「もっと、おかしくなって下さい」

囁き、瀬能は貌を下の方へ降ろしていった。そろそろとみぞおちや臍の周囲を舐め、下腹部を伝い、その舌が辿り着いたのは、恥ずかしい繁みの生え際だった。

「ああっ」

舌先がくるくると、繁みの縁で円を描く。その刺激は恥毛の一本一本がよじれる感覚まで伝わってくるほど鋭く細やかだ。

舌先はかすかに尖り、その先にある密集地帯へ潜り込んできた。

「そこは……駄目……！」

瞬間、肉体をよじり、菜緒は拒んだ。

今日は朝早くにシャワーを浴びたきり、何時間も経っている。職場のトイレのウォシュレットで洗ったくらいで、汚れと匂いがどれほど落ちるのかわからない。

政志もそこは滅多に愛撫してくれない。付き合い始めた当初、何度かおざなりに舐めてくれたくらいだ。だからきっと自分のここは他人より臭うのかもしれないと、菜緒は思っていた。

だが瀬能は繁みに舌を這わせつつ、懸命に閉じようとする太腿を押し広げる。

その手の力は決して強くはないのに、抗《あらが》おうとの気を起こさせなかった。不思議な支配力があった。瀬能の前では肉体の汚れも臭いも、そのことに対する恥ずかしさも、きれいに洗い流されていくような気がした。

「瀬能さん……」

「もっと脚を広げて。力を抜いて」

静かな声が、菜緒に催眠術をかける。

脚を広げた。力を抜いた。

直後、その中心を、甘美な衝撃が貫いた。

「ああっ！」

疼き上がった肉芯が、瀬能の舌に捕えられた。

鋭利な刃物に貫かれたようでありながら、痛みの感覚だけが抜けている。戦慄《せんりつ》とも悦楽とも言える衝撃が、その一点を中点に、足の先から頭の先まで駆け巡った。

「あんっ……駄目っ、駄目です……私……っ」

「大丈夫。菜緒さんのここは感じていますよ。ほら……」

ああ、わかる……瀬能の舌の上で、その小さな箇所がコリコリと、信じられないくらいに硬く膨れ上がっている。

「でも……こんなの、私……」

瀬能は肉芽を舌で愛撫しながら、その下で口を開けている秘唇に指を這わせた。

「ひんっ！」

秘唇の内側と外側を交互に爪の先でくすぐるその指は、まるで昆虫の触角のように、菜緒の感じる場所を探ってくる。

一番下の結び目に爪先が辿り着いた時、思わず腰が跳ね上がった。

「くふんっ、あ、あ、あぁぁ！」

「ここが感じるんですね」

囁いて、瀬能は唇をその箇所に降ろしていく。

「はんっ、あんっ、あぁぁん！」

ピチョ……と、淫猥な音を立てて、濡れた舌が動き始める。

「いや、いや、いや……！　おかしくなっちゃう……おかしくなっちゃう……！」

秘裂の下の口角は、肉芽とはまた違う、微細な疼きが溜まりきっている場所だった。ねろねろと舌が動くたび、ちくちくと麻酔薬の塗られたマチ針でいたぶられるようだ。

瀬能は下の縫い目を舐めながら、ふたたび指を肉芽に当てる。指の腹が硬い豆を軽く押さえ、揉み込むように小さな円を描く。

「はぁんっ！　あん、あん、あん！」

振り上げた腰が、淫らにくねっていた。本能的な反応だった。肉体の奥の部分が、もっと、もっとと欲しがっている。

指の腹で肉芽を転がしながら、瀬能は舌先を、秘唇の内側に埋めてきた。

「あんっ、駄目っ、駄目……！」

そこはまだ入り口を取り囲む粘膜だった。なのに小刻みに震える舌先は、いままで経験したことのない快感を注ぎ込んでくる。

「あぁぁっ！」

鋭いほどの快感に、菜緒は「駄目……駄目……！」と叫び続けてた。そのくせ腰はさらに大きくよがり出している。

ほんの小さな範囲で、舌先がチロチロと移動する。そのたびに全身が新たな刺激に打ち痺れる。

「感じる……からだが……あ、あ……！」

連続して襲う快楽の凄まじさに、菜緒は声が嗄《か》れるほど喘ぎ続けた。

高く振り上げた腰が、一層淫らにくねり出す。もはやどこを舐められ、どこを触られているのかわからないくらい、全身が疼きに燃え上がっている。

「瀬能さん、感じすぎて、苦しい……助けて……助けて……」

うわ言のように繰り返す菜緒の太腿に、静かに手が当てられた。

「川上さん……」

長身の肉体が重なった。目を開けた。すぐそばに、形の良い鎖骨が見えた。どちらかといえば痩せている瀬能なのに、その下にいると、ぽっちゃりとした自分が小さくなっていく気がする。

濡れた秘唇はすでに口を開き、淫液にまみれていた。滑る口を開けた粘膜が、男の肉の感触を受け止めた。

丸い先端が、秘唇の縁を上下する。ぞくり、ぞくりと腰が震える。なぞられるごとに官能の粒子が潤いを与えられ、いやらしく膨れ上がり、肌の下で蠢《うごめ》いている。

「お願い、このまま……」

脚が自然に開いていく。

眉根を寄せる菜緒の頰に、瀬能が口づけた。唇は頰の上で笑みを浮かべる。

「可愛いですよ、菜緒さん」

囁きながら、瀬能は自身の屹立を握り、媚肉の裂け目に、一段深く潜り込ませた。

「あ、ん……」

「ほら、川上さんのここ、ヒクヒクしていますよ。可愛い」

可愛いと、何度もその言葉が囁かれる。瀬能のペニスに擦られながら、淫らな蜜液が止めどなく溢れ出ている。

やがて亀裂の真ん中で、その動きが止まった。

熱い予感が、皮膚の内側でざわめきを上げた。

「あ、あ……」

「入りますよ」

「きて……きて下さい」

肩にしがみついた。硬く力強いものが、静かに沈み込んできた。

「……はぁっ……！」

衝撃の甘美さに声さえ出せず、ただしがみついた肩に爪を喰い込ませた。

雄々しい剛直が、奥へ、奥へと迫ってくる。粘膜がしっかりとその輪郭を捕えている。

「あぁっ、そこ……！」

先首が、最も感じる場所を打ち抜いた。

「はぅんっ……！」

「伝わってきますよ、川上さんが感じていること」

「あぁ……あぁぁぁ！」

体内で凝縮していた熱が皮膚に滲み出る。汗や喘ぎとなって解き放たれていく。

「そこなの、そこ……！」

泣き声を上げて、菜緒は瀬能の背中を掻き抱く。

「ええ、わかります……感じます……」

瀬能の吐息が耳にかかる。低い喘ぎが鼓膜を濡らす。怪我《けが》をしている菜緒の肉体をいたわりながら、どこまでも優しく、瀬能はその一点を押し貫いてくれる。

絡み合う陰部から、ねちゃ、ねちゃ、と、淫猥な音が聴こえる。その音を、もっと聴きたい。

「もっと……もっと！」

「もっと、どうしたいのか、言って下さい」

自身も切なげに眉を寄せながら、瀬能は包み込むような温かな目で見つめてくれる。

その目を見上げ、唇を震わせた。涙が溢れた。自分はどうしたいのか――

「私、小さな虫になりたかったの。政志とふたり、虫になって、小さく幸せに暮らしたかったの……」

そう呟いた直後、凄まじい戦慄が全身に走った。

「あっ、いく……いっちゃう！　あぁぁっ、瀬能さんっ……！」

「ええ、もっと……！」

打ち貫く剛直が力強さを増す。

「あぁっ、あぁぁっ……いくの、あぁぁぁぁっ……！」

心の底からいま、菜緒は思い切り叫び、泣いていた。

二週間後、高丸百貨店のアクセサリー・ショップ『TOHKO』へ、ひとつの小包が届いた。川上菜緒宛だった。差出人は瀬能岳生。

包みを開けると、シェルカメオのブローチがひとつ、そして同じくシェルカメオのイヤリングがひと組入っていた。

　ブローチに彫られているのは、あの日、瀬能が下絵を描いた、豊かな乳房を誇らしげに露にする菜緒だった。

　そしてイヤリングにはひとつずつ、黄金虫が彫られていた。耳に当てると二匹の黄金虫は対となって、仲良く向き合うのだった。

　いま、菜緒は政志と暮らしていたアパートを出て、新しい住まいで暮らしている。あの夜、ベッドから起き上がると、ケータイに水野からの留守電が入っていたのだ。『今朝はごめん。私も売り上げのことで余裕がなくて、感情的になってた。いまどこにいるの？　家に帰りたくないんじゃないの？　良かったらうちにいらっしゃい』――その足で水野の部屋まで謝罪に行き、二週間ほど泊らせてもらった。その間にいまのアパートを探した。

　政志とは別れていない。だが、政志がどんな仕事でもいい、働き口を見つけるまで会わないでいようと決めたのだった。

　部屋を出ると告げた時、また殴られる覚悟はしていた。レイプまがいのことをされる恐怖もあった。その通り、殴られた。

　でも一度だけだった。続けて振り上げた手を、政志は菜緒を睨みながら降ろした。その目は泣き出しそうに見えた。菜緒も泣きながら部屋を出た。何度も政志の元へ駆け戻りそうになる脚を懸命に動かして、駅までの道を走った。

政志はきっといま、頑張って仕事を探していると信じている。

「菜緒、この新作の指輪、どう並べたら良いかしら？」

振り向くと、水野が本社から届いた新商品を陳列台に載せていた。

「はい、まかせて下さい」

台の上の指輪たちに目を向ける。ハート形クリスタルとブルーカルセドニー。ローズクォーツとカット水晶。組み合わされたふたつの石の輝きから、彼らにストーリーを与えていく。

「クリスタルとブルーカルセドニーは、遠い時空の彼方《かなた》で歌ってるみたい……ローズクォーツとカット水晶は……」

彼らの物語を、お客様にどう伝えよう。どんなお客様がこの指輪を買うだろう。どの指に嵌めるだろうか。

――鏡越しに、真剣な眼差しで指輪を見つめる菜緒の耳元で、小さな虫たちがパチッとウインクし合っていた。

第三章　夜咲く花

境内に敷き詰められた玉砂利が、南国土佐の夕映えに紅《あか》く染まっている。その上を駆ける子供たちの足音が、無垢《むく》の響きを砂紋のように広がらせている。

子供たちに続いて、古村美砂代《こむらみさよ》も沓《くつ》脱ぎ石に揃えた草履に足を降ろした。灰桜の色無地の着物は控えめでありながら、三十八歳となってなお可憐さを匂わせる美砂代の清楚《せいそ》な美しさを引き立たせている。

だが、ジャリ……と足裏で鳴った音が、この澄み切った砂紋を遮ってしまわなかっただろうかと、美砂代はいまも一瞬、自身の一歩に躊躇《ためら》う思いだった。

「坊守さん、今日もお世話になりました」

生徒を迎えに来た家族たちが、美砂代の元へ集まって来る。今日は週に三回開いている華道教室の、小学生を対象とした日だった。

「これ、うちの畑で採れた枝豆とトマト。皆さんに食べてもらいたくて」

「まぁ、柴崎さん、いつもながらお見事ですこと。住職も柴崎さんの枝豆で晩酌するのが、ことの他楽しみなんですよ」

「先生、うちの子、今日は大人しくしてました？　最近、ほんと生意気になって」

「あら、遥香ちゃんは良いお姉さんですよ。今日も二年生の子たちに朝顔の育て方を教えてあげて。ね、遥香ちゃん」

そう言うと、女児は母親のスカートの陰でモジモジしつつ、はにかみながらピースサインを出した。

「なあに、あんた、先生の前では良い子なんだから」

母親のほとんどは美砂代と歳が近いが、中には十代で出産した、まだ二十代半ばのシングルマザー、また事情があって実母の代わりに子供を育てている祖父母、養父母などもいる。

「暖かくなりましたねぇ。私はここの梅檀《せんだん》を見るのが毎年の楽しみで」

小学一年と三年の姉妹を迎えに来た老婦人は温顔で境内を眺めながら、わずかに脚を引き摺っていた。

「石井のおばあちゃん、脚をどうなさいましたの」

「お恥ずかしいことにねぇ、うちの階段で転んじゃって。歳取るとほんと鈍《どん》臭くなってねぇ」

「まぁ、お大事になさって下さい。ねえ、ふたりともお祖母ちゃんを労わるのよ。大切な人を大切にするの、ね」

幼い姉妹にもそう言うと、老婦人は美砂代に向かい、拝むように手を合わせた。

「そうやって温かい言葉をかけて頂くだけで、私は元気になれるんです。本当に観音さまみたいなお方ですよ、坊守さんは」

「よして下さいな。お会いして元気を頂くのはいつも私の方ですわ。どうぞお帰りの道は気をつけて下さいね」

そうやってひとりひとりと会話していると、あっという間に一時間二時間が過ぎてしまう。今日もこの後、本堂と庫裡《くり》での勤めが山積みではあるが、彼らの中には子供の迎えだけでなく、誰にでも心温かく接する美砂代に会い、胸中の悩みや不安事を聴いてもらいたい者もいるのだった。真剣な相談事もある。ただ誰かと話したくての世間話もある。檀家や寺に訪れる人たちの話に耳を傾け、親身に対峙《たいじ》することこそ、住職の妻である自分の最たる勤めだと、美砂代は心得ていた。

生徒と家族たちが帰った後、急いで本堂へ戻った。敷板や花器を片付け、床板に箒《ほうき》をかける。そうしながら伴僧や寺務員を含めた家族の為、夕食の献立を考えていると、床を擦る足《た》袋《び》音が響いた。

「あら、お茶ひきもまだなのね。いつも言っているように、お布施の少ない檀家の相手をすることはないの。もう何時だと思ってるの」

「お義母《かあ》さま、申し訳ありません。すぐにいたします」

「明日は本堂の瓦を葺《ふ》き替えに大工さんがいらっしゃいますから、お掃除は念入りにね」

「お義母さま、以前も申し上げましたが、そんなお金があったら階段の脇にスロープを作りませんか。そうすればお年寄りや車椅子の方々にも来て頂きやすくなりますし……」

遠慮がちに言った美砂代に、義母は薄い眉を一層剣呑にしかめた。

「跡継ぎも産めない体で一人前の意見を言わないでちょうだい。まったく、うちの得になることはなにも出来ないんだから。なんの為に嫁いで来たんだか」

「……申し訳ありません」

「今日は住職はお泊りになるそうですから、私もお夕飯はお友達と外で頂いてきます」

「かしこまりました」

華やかな着物姿で外出する義母を見送ると、美砂代はお茶ひき、本堂の掃除、夕食の支度、次に同じ敷地内にある寺務所へ夕食を運び、明日の法要に関する打ち合わせと、いつもと同じ勤めをこなした。ようやく全てを終え、自室へ戻ったのは、夜の九時を過ぎていた。

庫裡全体がしんと静まり返っていた。襖《ふすま》を閉める音が長い廊下に硬く響いた。この静寂はもう、美砂代の馴れ親しんだものだった。先代の逝去により二年前に住職を継いだ夫は毎晩のように呑み歩き、帰宅は大抵午前様だ。いま頃は住職仲間と勉強会と称して向かった温泉旅館でコンパニオンの腰に手を回しながら、明日のゴルフの段取りを話していることだろう。

義母とは家にいても、ほとんど貌を合わせない。食事も美砂代が作ったものをまず義母が食し、その後で美砂代が頂く。たまに行事の都合で貌を合わせると、先刻のような会話になるのだった。

跡継ぎを産めない石女《うまずめ》――

寺に嫁いで数年間は、そう責められるたびに涙していた美砂代だった。だがいまは心も乱さず「申し訳ありません」を繰り返すことが出来ていた。この家での十二年間の孤独の中で、美砂代の心はいつしか涙も滲まないほど凍りついていたのだった。

この寺の跡継ぎであった夫に見初められ、嫁いできたのは、美砂代が二十六の時だった。当時の住職だった義父と坊守の義母、そして檀家総代から繰り返し言われたのは、立派な跡継ぎを産むことだった。それが由緒ある寺の嫁として最も重要な勤めなのだと。

だが何年経っても子は出来なかった。夫と美砂代、どちらに原因があるかはわからない。義理の両親も夫も、検査をして治療しようとはしなかった。代わりに美砂代ひとりに責任を押しつけた。そして、いずれ夫の弟の次男を養子にし、寺を継がせることに話が決まった。

以来、美砂代はますますこの家で孤立した。美砂代の血は古村家の存続にはなんの関わりも持たないのだ。美砂代はただの使用人のように朝から晩まで坊守としての勤めを行い、檀家との付き合いの一環で義母から開くように言われた華道教室を運営する、それだけの日々を過ごしてきた。

じっとりと夏の湿気を吸った畳の上で、衣擦《きぬず》れの音が鳴る。シュッと和服の重みを伴った直線的な擦音の後で、腰紐がはらりと衣の上に落ちた。

象牙色の長襦袢《ながじゅばん》一枚となった美砂代は、そのまま縁側に出た。縁側を降りた中庭の隅に、美砂代の作った温室があった。五年ほど前に近所の造園店でセットを購入し、自分で組み立てた、四畳半ほどの小さな温室だった。

温室に入るとまず、純白の胡蝶蘭《こちょうらん》にかけた遮光レースを一枚ずつ取っていく。花びらを動かさぬよう、ふうわりと優しく浮かせてやる。人間の皮膚も陽の光を浴びすぎれば日膨れなどを起こす。蘭は本来、樹洞や木の股に生まれるものが多い故、葉陰の木漏れ日程度の日光を与えてやることが大切なのだった。六月も終わりのこの時期、昼前には蘭に遮光レースをかけ、夕方前に外してやるのが、坊守としての勤め以外の、美砂代の限られた日課のひとつだった。

次にベンジャミンやガジュマルなど、クワ科の植物の様子を見る。日向《ひなた》に置き、水遣《みずや》りさえ欠かさなければ、彼らはすくすくと育ってくれる。サボテンの水の量にも注意をする。サボテンの多くの種は乾燥地帯に自生するが、雨季に大量に摂取する水があってこそ成長する。夏を迎えるいま頃なら週に一度はたっぷりと水を与えてやらねばならない。多くのサボテンはいまが花盛りだ。貴宝青やノトカタクス・ミニムスが赤、黄色の艶《つや》やかな花を咲かせている。金鯱《きんしゃち》はまだ開花年齢に達していないが、来年あたり、そろそろ蕾《つぼみ》をつけてくれるだろうか。

サボテンが十分に水を吸っているか確認した後、続いて美砂代はシクシンの枝葉の様子を見る。シクシンは夏に咲く花だ。もう蕾がふっくらと膨らみ始めている。

花を咲かせる植物は、開花直前が最もデリケートになる。シクシンが根を生やした土を触って、ほどよく乾いているか、葉をめくって葉ダニが付いていないかを確かめ、そうしながら、心の中でそっと囁いた。

――早く咲きなさい。艶やかに色付きなさい。私の代わりに――

囁いて、美砂代は土の上に座り込んだ。

その貌は青白く、表情はなかった。

右手だけがゆっくりと、胸元へ上がった。

袖口から徐々に、しっとりと輝く乳白色の腕が覗く。やがて薄桃色の小さな肘が露になり、はだけた衿《えり》のはざまから、下着を着けていない、たおやかな胸の膨らみが現れた。指先はその稜線をなぞり、つんと上を向く先端の突起へ降りていく。

優美な弧を描く眉が、切なげに歪んだ。

養子の話が決まってから、夫との性交渉は途絶えていた。美砂代は夫以外の男性は知らなかった。学生時代に交際した男性はふたりいるが、華道家の父の下、厳格な家庭に育った美砂代は、性というものに対して過度の羞恥と否定の感情を抱いていた。ふたりとも性交渉を求めてはきたが、美砂代は拒み、自ら去るしかなかった。

親戚の法事で出会った、九歳年上の、当時副住職であったいまの夫には、それまでの男性にはない落ち着きを感じた。その枯淡とした風格に安らぎを覚え、求婚を受けることを決めたのだった。

だが嫁いでみると、夫は性欲の塊だった。性行為から解放されることは一夜たりともなかった。夫婦の寝室にはバイブレーターやローター、麻縄等、ありとあらゆる性具が用意されていた。

物心ついた頃から由緒ある寺の跡取りとして育てられた夫には、世間体というものが独特の性癖を形成する要因となっていた。美砂代を指や性具で責めながら、総代や檀家等、他の男の名を出すことを好むのだった。「今日の法要で川島のじいさんがおまえの尻をいやらしい目で眺めていたな。ほら、いまじいさんに見られてるぞ、もっと尻を振ってやれ」「このぽっちり熟れた乳首をみんなが触りたがってるぞ、真っ赤に充血したオマンコも見られてる。どうだ、舐めさせてやるか、どっちもいっぺんに」「昼間は大人しい貌をしたおまえが、夜は好色に喘ぎまくってるとはな。ほら、ヌレヌレのオマンコを写真に撮ったぞ。本堂の床の隅にこっそり貼り付けておくか」

卑猥な言葉を吐きながら、夫は執拗に美砂代を責め続けた。その倒錯じみた夜毎の情事の中で、だが肉体は、いつしか言いしれない悦びを覚えるようになっていた。何人もの男が自分の肉体を取り囲み、あらゆる方向から手を伸ばしてくる。ある男は乳頭をつまみ、ある男はもう片方の乳丘に貌を埋めている。腰も下腹部も生温い舌にねぶられ、ねっとりと唾液に塗れていく。両側から大きく広げられた太腿の中心では、熟れきった多肉植物のような恥唇が透明な粘液をたらたらと滴らせ、男たちの目を愉しませている――

「あ……あ」

自身の指で乳房を摑んだ。先端はすでに物欲しげに尖りきり、普段の二倍以上の大きさに膨らんでいた。

「見られてる……見られてるわ……」

両手で乳肉を揉みしだく。そうしながら左右の突起を思い切り強くつまみ上げる。

「はぁっ、はっ……！」

地べたに仰向けになった。結わえた黒髪は土に摩られ、しどけなく解《ほど》けていた。泥に塗れた髪は乱れながら艶やかな波を打ち、幾筋かが紅潮した額や頬に零れ落ちた。

ほっそりと均整の取れた肢体の上で、自ら揉み、押し上げる乳丘が淫猥に歪んでいる。見えない男たちの手が上下左右から柔肉をわし摑み、粗野な指を埋めてくる。目を赤く濁らせた男が疼き上がった乳頭目がけて、唾液まみれの舌先を伸ばしてくる。

「ああっ、やめて……」

見えない男たちの手は四方八方から伸び、好き放題に美砂代の肌を蹂躙《じゅうりん》している。野卑な手付きで乳房を弄び、薄汚れた乱杭歯が乳首にむしゃぶりついている。吸いつかれるたびにジュルルッと唾液の音が鳴り響き、生々しい振動が乳首の芯まで痺れさせる。

複数の手は下半身にも迫ってきた。前身頃は荒々しく左右に向かれ、下着が無理矢理引き降ろされた。

「いや、やめて、見ないで……！」

容赦なく降ろされた布地は右足首で放置され、汗に濡れた手が膝裏を摑む。むっちりと白い太腿の内側に、関節のゴツゴツとした指が喰い込んだ。指はがっしりと太腿を押さえ込み、付け根の方へ這い上ってくる。

「そこは駄目っ、いや！」

ヌチョッと、小陰唇が外側にめくられた。すでに淫沼から蜜液が溢れ出て、一帯が爛々《らんらん》と滑り光っている。

太い関節を唸らせ、指が、裂け目に潜り込んだ。そのまま強引に肉路を押し割り、奥へ奥へとめり込んでくる。

「あぁぁっ！　いや、駄目……駄目ぇっ！」

豊かな黒髪を振り乱し、美砂代は懸命に首を振る。

だが指はすぐに、一番敏感な場所を捕える。第一関節と第二関節をくねくねとうねらせ、膣壁を抉りながら、灼熱の愉悦を注ぎ込む。

「はぁうっ！　感じ……ふ、あ、やめて……っ！」

粗暴な男たちの手と舌に揉みくちゃにされながら、豊麗な乳房を惜しげもなく揺らし、これ以上ないくらい太腿を開いて喘ぐ美砂代の姿は、艶然と悩ましく、そして浅ましかった。

「あぁ、あぁ、あぁ……」

やがて、喘ぎに泣き声が混じりだす。

指だけじゃ、いや――もっと奥まで欲しいの――もっと太くて硬いものに、もっと激しく責めて欲しいの――！

淫裂に指を差し入れたまま、美砂代はふらつく身を起こした。

手を、紫陽花《あじさい》の群れの奥に伸ばす。そこには綿かすりの布にくるまれた、かつて夫が購入したバイブレーターがあった。いまは週に二度ほど、美砂代が密かに使うだけのものだ。夫は美砂代の為にこれを買ったことなど、とうに忘れているだろう。

布をまくり、人工の棒を取り出した。舌を伸ばし、太い先端から幹まで這わせた。自身の唾液でたっぷりと濡らすと、シリコンで象《かたど》られた亀頭部分を、熱く蕩ける淫肉にあてがった。

「ん……あ、あぁっ！」

あえかな悲鳴が、夏の夜の蒸した温室内に響き渡った。

温度のないシリコンの塊が、そぼ濡れた肉びらのあわいにずっぽりと沈み込んだ。

仰向けになった姿で、大きく脚を開いた。腰を振り上げ、見えない男たちに向かって叫ぶ。

「ああっ、そこ……！」

自身の中心部をシリコンの棒で激しく打ち貫く。

いまや長襦袢は肩から落ち、わずかに腕先を隠すのみだった。その腕が襦袢の袖を揺らし、懸命に上下している。シリコンの胴幹が膣襞を擦り上げ、エラの張った先首が一番感じる箇所に打ち込んでいる。胴部に施された淫猥な凹凸《おうとつ》は膣襞を擦り上げ、溢れ出る蜜液を泡立たせていた。白濁の粘液は、激しく出し入れされる人工棒と淫肉に押し出されて、裂け目の縁から零れ、菊門へ向かって滴り落ちる。その一筋の感触さえもが美砂代の肌に官能を刻み、ぽたりと砂土に染みを作る。中指の腹に揉まれる肉芽は、音が聴こえそうなくらいコリコリと硬く尖り、皮膚の下で躍っている。

肉体の奥底から止めどなく激情が湧き上がる。そして同時にそれは、狂おしいほどの飢餓感を高めるのだ。

——違うの、本当は、これじゃない……

他人の指でなければ駄目なのだ。男の指でなければ駄目なのだ。どうしようもなくて、美砂代はさらに淫らに腕を上下させ、腰を振る。そうしながらもう片方の指で肉真珠を弄り続ける。人差し指と薬指で両側から挟み込み、中指の指腹で強く揉み込む。

「あんっ、恥ずかしい……！」

夫の作り上げた妄想の男たちが、生臭く不穏な体臭を漲《みなぎ》らせ、渦のように回り始めている。美砂代の肉体を揉みくちゃにしながら、無数の視線が肌に粘りつき、毛穴のひとつひとつにまで埋まろうとしている。ざわざわと、喋り声や笑い声が聴こえてくる。普段は地味な着物に身を包み、清楚だの観音菩薩のように優しげだのと言われながら、実は夫に相手にされず、夜になればこうして独り、淋しい身を慰める哀れさを囁き合っている。腰を突き上げてシリコンの棒を出し入れする淫蕩な姿を嘲笑している。

「そうよ、私、本当は、ただの色情狂の女なの……男の人のものに、ここを突いて欲しいの……思い切り……無茶苦茶に……！」

男たちの手が一斉に荒々しさを増した。ある者は口を塞ぎ、ある者は乳頭をひねり上げた。美砂代の体温と狂おしい摩擦によって、いまや人工棒は熱を孕《はら》み、それは生身の男の兇暴な肉砲だった。

「もっと突いて、お願い！　そこよ、そこなの……あぁぁあっ！」

幽寂に包まれた薄暗い温室に、凄艶な悲鳴が高らかに響き、夏の湿気に溶けていった。


翌週の月曜日、美砂代は高知市内に出向いていた。夫が懇意にしている檀家のひとりに、香南《こうなん》市在住の著名な画家がいる。その画家の個展が今週から南部百貨店の催事場で開催されるので、初日には夫の名代《みょうだい》として顔を出すよう、以前から言われていたのだった。

法要を一件終え、義母と夫、伴僧、寺務所員たちの昼食を用意し、境内で育てた芍薬《しゃくやく》やユッカ蘭をアレンジして寺を出たのは、昼を回った頃だった。しばらく梅雨空が続いていた空は、七夕が近くなってようやく太陽が貌を覗かせ、一斤染《いっこんぞめ》の訪問着を着た美砂代は、駅構内を歩きながらわずかに汗ばんだ。

百貨店に入ると一転、ひんやりと冷房が効いていた。エスカレーターに乗り、催事場のある七階まで昇った。

日々、寺の勤めと家事に追われている美砂代は、このような機会がなければ百貨店を訪れることはなく、だからせめて目でだけでも楽しもうとエレベーターではなくエスカレーターを選んだのだが、一見したところの客の少なさに、改めて景気の悪さを思った。階によっては客よりも店員の姿が多いように感じる。

自然と、檀家たちのことが頭に浮かんだ。檀家の中には、経営している会社が倒産した元中小企業社長、微々たる年金で暮らしている病がちの老夫婦、一家の大黒柱を亡くした母子など、様々な事情を抱えた者たちがいる。身内が亡くなっても葬儀を出せず、墓どころか納骨堂を買うお金もない者たちもいる。

そういった、困難を抱えるすべての人の力になろうとするのが本来の寺のあり方ではないのかと美砂代は思う。家族を亡くしたばかりの遺族から戒名代だの読経代だのと大金を毟り取るのが宗教者ではない筈だ。他の菩提寺《ぼだいじ》から弾き出され、途方に暮れている者がいれば、無償で手を差し伸べるべきだ。そうして同じ理念を抱き、協力してくれる信者からのみ、心と言う名のお布施を頂けば良い。それこそが宗教者の職能だ。選ぶのは信者であり、弾かれるべきは心のない寺の方なのだ。

だが跡継ぎを産めず、夫から妻としても女としても相手にされていない美砂代の意見など、古村家では境内の片隅で散りゆく花の花弁よりも重みなく、掃き捨てられるものだった。ひとり理想を想い描いても現実は変わらず、美砂代に出来るのはせめて今日切り取った花のうちの数本を、ひとり暮らしの老人や長患いの病人たちに、ちょっとした会話がてら携えて行くことくらいだった。

エスカレーターで七階に着いた。おや、と思った。催事場の入り口に、普段ならある筈の受付がなかった。画家の名前もどこにも記されていない。代わりに『ジュエリー・フェア』と鮮やかな色彩で書かれた看板が掲げられている。

「あの、すみません……」

通りかかったスタッフらしき女性に訊《たず》ねた。

「ああ、その展覧会なら水曜日からですよ。明日いっぱいまで私どもの宝石展を開催しておりますので」

「そうですか……」

華やかに装飾された催事場の入り口で、美砂代はアレンジ花を抱えたまま、しばらく放心した。

てっきり百貨店の催事とは週初めから始まるものと、なんの根拠もなく思い込んでいたのは、自身の世間知らず故か、それとも最近、沈みがちな思考に捕われ、勤めに集中出来ずぼんやりしている故か。

寺に戻れば貴重な時間を無駄にしたと義母から叱られるだろう。それならもう少々無駄にしたところで変わりはないと、緩慢な足取りで催事場へ入って行ったのは、美砂代にしては珍しく投げ遣りな心情によるものだった。

理由は自分でもわからない。宝石に興味があるわけでもなかった。「檀家の手前、坊守は地味な格好を」と義母から言われるまでもなく、信徒たちの祈りの込められたお布施を、自分の必要以上の装いに費やそうとは思わない。

そういえば、将来お嫁さんになる時にあげると、幼い頃に実母が約束してくれたカメオの帯留めも、寺に嫁ぐと決まった時、二歳下の妹に譲ったのだった。坊守となる自分に華美な装飾品など必要ないと判断したのだが、三十六のいまも大阪で独身を謳歌《おうか》している妹は、この前も電話で「義兄《にい》さんがお姉ちゃんを選んだのは、従順で言うこときそうな女だったからじゃない？」と、歯がゆそうに嫌味を言ってきたものだった。

もはや癖になった沈鬱を心に貼り付けながら、会場に展示されている宝石たちに茫洋と目を向けた。

幾つかのブランドが同時に出店しているようだった。パワーストーンを目玉にしている店もあれば、高知らしくサンゴをメインにしている店もある。客はまばらながらも若い女性が多く、会場は比較的華やいだ雰囲気だった。

その中にふと、視界に飛び込んでくるものがあった。ガラスのショーケースの上、人の胸形の台に飾られたそれは、カメオだった。実母が持っていたものとよく似た、大輪の薔薇《ばら》を髪に差した女性の、凛と美しい横貌を彫ったカメオのネックレスだった。

欲しいと、思ったわけではない。ただぼんやりとした頭に、現実と追憶が混濁していたのだ。母の帯を上品に飾っていたカメオ。何度かこの指先で、その彫刻の輪郭を撫でさせてもらったカメオ。

そこへなお妹の声が、挑発の響きを孕んで囁いてきたのだった。

――このカメオ、絶対にお姉ちゃんの方が似合ってたのに。お姉ちゃんだって、小さい頃から楽しみにしていたくせに――

そう、本当は楽しみにしていた。艶やかな白無垢を纏い、帯には母から譲られたカメオの帯留めを輝かせた、綺麗な花嫁さんになる日を、幼い頃から夢見ていた。

その頃想い描いていたのは、愛も思いやりもある家庭だった。自分の両親のように、互いに尊重し合い、温かな笑顔を絶やさない夫婦の姿だった。結婚初夜から性具で責められ、夜毎、愛情よりも欲情の支配する性行為に心身を弄ばれる日々などでは決してなかった。いつしかその性行為に溺《おぼ》れ、だがその時には夫に飽きられ、義母から石女と蔑《さげす》まれ、独り性具でこの身を慰める己の惨めな姿など、あの頃描いていた未来には微塵《みじん》もない筈だった。

追憶に手を伸ばす。それは思いがけず簡単に摑み取ることが出来た。ほんのわずかな力を指先に入れるだけで、次の瞬間、艶《つや》やかな彫刻の感触が掌にあった。

握り締めた。摑み取ったものを、強く掌に包み込んだ。

そのまま、後ずさった。

出口に向かった。周囲の景色は見えなかった。なにも聴こえなかった。たとえようもない充実感だけが胸にあった。

そしてあと数歩で会場を出ようという時、背後から腕を摑まれたのだった。

「お客さま——」

——決して強い力ではなかった。振りほどいて逃げようと思えば出来る力だった。

だがその瞬間、美砂代の体はこわばり、動けなくなっていた。

腕を摑んだ手は、すぐに離れた。

男が、目の前に回ってきた。四十代半ばほどの、整った貌立ちの男だった。瞳に穏やかな光を湛《たた》え、美砂代の目を真っ直ぐ見つめている。

「お客さま、そのカメオをお買い上げなのでしたら——」

その声は、途中で聴こえなくなった。

男の背後で、何人かの客がこちらを見ていた。そこかしこから美砂代の顔を覗き込んでいた。それらがぼんやりとぼやけていた。

――ねえ、あれってさぁ……

――うそ、万引き?

――あの女って、確かあの寺の……

ヒソヒソとした会話が耳に忍び込んでくる。

目を瞑った。だが閉じた瞼を喰い破って、幻影が侵入してきた。美砂代を苛《さいな》む貌、貌、貌、声、声、声。鼓膜が水を含んだように周囲の会話を揺るがせる。幻影も揺らぐ。まるで視覚と聴覚が逆になったようだ。ぐらぐらと景色が回る。揺らぐ声が回る。意識が薄れ、気が遠くなっていく。

「お客さま」

男が、今度は肩を摑んできた。

ああ――

その掌の触感が、痺れるような電流を肌に流し込んでくる。

怖れではない。臆しているのでもない。美砂代を動けなくさせているのは、この快美な痺れを寄こす既視感だった。

――みんなが視《み》ている――この場にいる全員が、私を責め、嘲《あざけ》り、笑っている――

――ほうら、その貌をみんなに見せてごらん。どんなにいやらしくみんなのチンポをくわえているか。おまえのこっちの貌は大きな口を開けて涎《よだれ》を垂らしまくってるよ。ほうら、グッチョリ、グッチョリ……聴こえるだろう。次は誰のチンポが欲しいんだ？――

「ああ、いや、許して……」

誰かが無理矢理、首を持ち上げる。視線の先には、大きく広げられた自身の太腿と、その間で動く毛むくじゃらの腹がある。真っ黒な腹毛は陰毛へと続き、硬そうに縮れた剛毛のはざまで、ぬらぬらと黒光りする肉塊を誇示している。

血管を浮き上がらせた野太い淫幹がこじ開けているのは、爛《ただ》れるように真っ赤な己の媚肉だ。恥唇は浅ましくひくつきながら、ぴったりと胴幹に纏わりついている。

ぎらつく野性的なその光景に、美砂代はうっとりと見惚《みと》れていた。

そこへ、ずどんと、衝撃が打ち込まれた。

屈強な肉首が、天を突く角度で膣壁の上部を突き上げてくる。子宮を変形させるほどの凄まじい勢いで、火のような愉悦を流し込んでくる。

――あぁ……あぁ……あぁ……！

全身をわななかせ、美砂代は喘いでいた。

――気持ちいい……気持ちいいの……！　もっと……お願い、もっと、もっとして……もっと見て……見て……あぁぁぁ……！


「困るんですよ、勝手なことされると。なんの為にうちらがいるんだか」

机の向こうで、でっぷりと太った中年男が、ピンク色に濡れた唇をせわしく動かしていた。その隣りで、眼鏡をかけたカマキリのような中年男が腕を組んでいる。

「すみません、つい体が動いてしまいまして」

美砂代の隣りで答えているのは、先刻、腕を摑んできた男だった。

「万引きを見つけても、この建物から完全に出るまでは声を掛けてはいけないんです。お宅の会社からもそう伝えられている筈ですが」

「お騒がせいたしました」

男は深々と頭を下げている。

妙なことになっていた。百貨店のジュエリー・フェアでカメオを万引きした美砂代は、いま隣りに座っている男に現場を見られ、腕を摑まれてしまった。

摑まれた直後、私服ガードマンが駆け寄った。ガードマンも最初から美砂代の行動を見ていたのだ。

それからのことは憶えていない。美砂代はその場で意識を失い、床に倒れてしまったのだった。

気付いた時にはスタッフ用の控室へ運ばれていた。目の前には男と、太ったガードマン、そしてカマキリに似たフロアマネージャーがいた。そのマネージャーとガードマンが先刻から怒っているのは、美砂代よりもむしろ男に対してだった。

「とにかく対応は私どもにおまかせ下さい。貴方《あなた》がたは動かないで頂きたい。これも会社から――」

「聞いております。申し訳ありません」

「それで、警察を呼びますよ、いいですね」

と、そこでマネージャーが美砂代を見た。

「え、あの……」

うろたえる美砂代の代わりに、男が答えた。

「いえ、必要ありません」

「え……？」

美砂代は驚いて男を見た。

「は……？」

男の返答にマネージャーもガードマンも呆気《あっけ》に取られている。次いで「また勝手なことを……」と言いたげな目を向ける。

「この方は——」

男は慇懃《いんぎん》な所作でふたりを制し、続けた。

「どうやらお体の具合が悪かったようです。商品を手になさったまま店を離れたのは、意図的な行為ではないのでしょう。実際その直後、会場でお倒れになりました。私どもが呼ぶのなら、警察よりも医師ではないでしょうか。この後、もしもこの方のお体に変調が来したら、私どもの対応に責任が問われることになります」

落ち着いた声で淡々と説く男に、マネージャーは組んでいた腕を解き、ガードマンは太い溜息を吐いた。

「確かに我が百貨店としては、お客様を信じ、お客様第一の対応をしていきたいところです。が——」

「あの……」

美砂代は初めて口を開いた。

「私、よく憶えていないんです。美しいカメオを見ていたら、昔、母が持っていたカメオを思い出して、そのまま頭がぼぉっとして……」

半分は嘘ではなかった。意識が朦朧《もうろう》とするのだとさらに印象づける為に、こめかみを押さえ、痛む振りをする。

「ほら、やはりすぐに病院へ行きましょう」

隣りで男が立ち上がった。

「ちょっと」

マネージャーもガードマンも慌てて立ちあがる。

「いえいえ、私がタクシーでお連れいたします。ここへ救急車を呼ぶのは百貨店の体面上、避けたくもありますし。それでは失礼いたします」

「いや貴方、しかし——」

パクパクとなにか言いたげなマネージャーに一礼し、男はさっさと美砂代の手を引いて部屋を出た。


「お体はもう大丈夫ですか」

事務室を出て廊下を渡り、店内に戻るドアの前で、男が訊ねた。

「はい、あの……申し訳ありませんでした」

美砂代は深く頭を下げた。繋がれた掌が汗ばんでいた。そのことに気付き、さっと手を引いた。

この男は知っている筈だった。美砂代がはっきりと意思を持ってカメオを盗もうとしたことを。あのガードマンのように、カメオを手に取り、足早に会場から出て行こうとした行動を最初から見ていたのだから。

――そうだ、私はあのカメオが欲しかった。自分のものにしたくて、手を伸ばした。欲しい――その思いだけが頭にあった。

なのに、男は美砂代を救ってくれた。本来であれば百貨店を出たところでガードマンに声を掛けられ、いまごろは警察に引き渡されていた筈だった。そうなれば実家にも、この土地で代々続いた嫁ぎ先の寺にも泥を塗ることになっていた。

裕福な檀家のみを重宝し、貧困に喘ぐ檀家たちを排除する夫や義母のやり方は間違っているが、それでも寺は寺だ。頼りにしてくれる人々がいる。信じてくれる人々がいる。彼らの信頼と信仰を己の不埒《ふらち》な行動で汚《けが》すなど、絶対に許されることではなかった。

「回復されたのならなによりです。急に倒れられて、会場にいらっしゃったお客様もスタッフたちも心配していましたよ」

男はあくまで美砂代の体を気遣う風を装いながら、騒動が周囲の客にどう受け止められたかとの懸念をさり気なく拭ってくれる。

「表までお送りします」

「あの……」

ドアを開けようとする男を、美砂代は呼び止めた。

「助けて頂いたお詫びに……カメオを買わせて頂けませんか。その……先ほどのカメオ、母が似たものを持っていたのは本当なんです。私……どうしても欲しくなったんです」

それは万引きの告白も同然の言い方だった。せめて誠実になることで、男への感謝を示したいと思ったのだった。

「これですか」

と、男は手に持っていたカメオを見た。先刻、控室で返却したカメオだ。薔薇の花を髪に飾る女性の横貌が彫られている。

「一年ほど前に彫ったものなんですが、そういえば、どことなく貴女に似ていますね」

「私はそんなに美しくは……それに、母のカメオに描かれていたのは薔薇ではなくダリヤでした――いいえ、花はどうでもいいんです。私、その凛とした女性の横貌に憧れていて……」

いや、相手に関係のない身勝手な心情を述べる必要もないのだと、美砂代は制御出来ない己を恥じ、唇を嚙んだ。

「そうでしたか」

男の目が、手に持ったカメオと美砂代の貌を行き来する。

「でしたら、貴女の為に新たなカメオを彫らせて下さい。貴女をモデルにして」

「……え？」

「実は会場に入っていらした貴女を見た時、思ったんです。ああ、あの方を彫ってみたいと。それでつい目で追ってしまいました。どうでしょう、私は明日、催事を終わらせ、明後日には東京に戻ります。時間は今日しかありません。今夜、私のところに来て頂けますか」

「今夜……それは、でも……」

「ホテルと部屋番号をお教えします。今夜九時にお待ちしています」


中庭は薄暮に染まりつつあった。

夕方、寺に戻り、三件の檀家、信者の訪問を受け、義母と寺務員たちの夕食を作り、皆が食べている間に風呂場を清掃し、ついでにその短い時間で湯を浴びたところだった。

いまのうちに草花たちに水を遣っておこう。美砂代はまだ乾ききっていない髪を右肩で軽くまとめ、中庭へ降りた。

紺地に朝顔柄の浴衣姿だった。水を溜めたジョウロを持ち、裸足に履いた下駄を砂利に鳴らしながら、美砂代はまた三ケタの数字を呟いている自分に気付き、ハッとした。

数字は、昼間の男から伝えられたホテルの部屋番号だった。男と別れてからいままで、何度この番号を口の中で反芻《はんすう》しているだろう。

物腰も言動も控えめでありながら、どこか問答無用といった強引さを持つ男だった。今夜、部屋へ来るようにと言われるがままに、美砂代は頷くしかなかった。

だが男は美砂代の名前や住まいなど、素性に関わることを訊いてはこなかった。今夜どうするかは、美砂代の判断次第ということだ。

この寺に嫁いで十二年、夜にひとりで出掛けるなど一度もしたことのない美砂代だった。昼間、友人と会うことにも眉をひそめる義母の手前だった。実家にさえ二年か三年に一度、義母の顔色を窺《うかが》いながら日帰りで行くのだ。

坊守として、主婦としての仕事も詰まっている。相談事や悩み事を抱えた者が朝夕なく訪れもする。住職である夫が大抵呑み歩いているか愛人宅へ行っているか故、なおさら美砂代が寺を仕切らねばならない。

夫は今夜も留守だ――

温室に入った。いつものように蘭たちの遮光レースを取り、サボテンたちの様子を見る。ひとつひとつを丁寧に見回って、それぞれが夏の潤いに実を膨らませているのを確認する。それは多忙な一日の中でほんのひととき心の安らぐ、花たちとの語らいの時間の筈だった。

だが――

今宵の美砂代は、あの男の貌に心を占められていた。

男は九時にホテルの部屋で待っていると言った。ホテルは高知駅前にあるビジネスホテルだ。九時にそこへ着くには、八時前には家を出なければならない。

いまは七時になろうとしている。行くのならそろそろ身支度を始めなければ。だからこそ先刻、急いで湯を浴びたのではないか――

迷いつつも、自分の行動は今夜、男のところへ出向く準備を選んでいる気がする。

男は自分をカメオのモチーフにしたいと言う。だが、本当にそれだけだろうか。

不安は当然あった。のこのこと出向いて、万引きをネタにゆすられる可能性もあった。要求されるのは金だけではないだろう。男が夜、ホテルに女を呼び出すのだ。無事で戻って来れると考えるべきではない。

なにをされるのか――

そのことを想うと、胸の鼓動が妖しく高まるのを感じる。

目を閉じた。温室で考え事をする時、美砂代はいつもこうする。

すると途端に、温室中の植物の匂いが全身を包む。湿った熱気に浸された夏の葉の青臭さが鼻腔に忍び込み、肺を満たし、一層熱を籠らせて空中に返したその息を、植物たちがまた呼吸する。

目を閉じながら、腕を伸ばした。目の前にあるのはカトレアだ。雄々しく育った花弁を指先でなぞってみる。植物の肌は艶《つや》やかに見えて、だが必ずザラザラとした触感がある。このザラついた手触りこそ、生物の証だ。

びっしりと花弁を覆ううぶ毛を指の腹に触知しながら、慎重に呼吸を繰り返す。うねる花弁の曲線をなぞり、外襞の軟らかさを確かめ、指先を茎へと移動する。根元から先端、そしてまた根元へ。茎の表面を丹念に撫でる。

そうして植物たちの頑強さに、改めて羨望を抱く。彼らはたった数か月で雄々しく葉を繁らせ、艶やかに色付かせ、やがて枯れて葉を散らし、死んだように眠っていたかと思うと、春にはふたたび新芽を生やす。華やかな時期を過ごそうが、死に近い時期を過ごそうが、彼らは一年でリセットする。しなやかに、たおやかに、強靭な生命力を漲らせて。

喉を震わせて深く息を吸い込み、ゆっくりと目を開けた。

その時ふと、視界の隅に白く光るものを感じた。

即座に腰を上げた。

シクシンが咲いていた。一年のうちで最も開花を心待ちにしているシクシンが、可憐な純白の花弁を広げていた。

——ようやく咲いた——今日、この日に——

なにかの暗示に打たれるように、美砂代は目の前の花を見つめ続けた。

シクシンは夜に咲く花だ。陽が落ちる頃に花弁を開き、翌朝、太陽が昇ると共に花弁を閉じる。多くの夜咲く花と同じく、シクシンもその姿は白い。闇の中で光り輝く純白の花弁を持っている。

だが、他の夜の花たちと違う特徴がひとつある。シクシンは朝が近づくにつれて、花弁を紅く染めるのだ。夜に咲き始めた時は純白のその姿が、時間が立つごとに徐々に紅味を帯び、朝になる頃には血のような深紅に染まるのだ。

独り闇の中で変貌を遂げるシクシンに、美砂代は密かに己を重ねていた。

人の目に映る我が身は嫁ぎ先の寺に身を呈す坊守であり、貞淑な人妻だった。しかし夜、独りきりとなった自分は、昼間の面影など微塵もない、誰よりも身を紅く焦がしたがっているはしたない女だ。もの苦しいほど肉欲に溺れたがっている。そして朝になれば、欲情に染まった身をひっそりと閉じ、ふたたび清廉な着物を纏うのだ。

毎年、シクシンが咲くのが待ち遠しかった。夏になって咲き始めれば、一晩中温室に籠り、紅く染まりゆくシクシンを眺めている夜もあった。それは淋しい我が身を慰めてくれるひとときだった。

いま目の前で、今年初めて咲いたシクシンは、しかし美砂代を慰めるだけの貌を見せてはいなかった。

——ねえ、わかる？　貴女の為に、この日を選んだのよ——

しばらくシクシンを眺めた。立ち上がった。

男がなにを望んで自分を呼んでいるのか。それはわからない。でも、私は惹かれている。

今宵、新たな行動を取ろうとすることに。それによって、新たな自分を得られる可能性に
——


——一時間後、美砂代は結い上げた髪に鼈甲《べっこう》の結びかんざしを挿し、撫子色《なでしこいろ》の小紋に袖を通した。

義母や寺の者たちと貌を合わさぬよう、裏門から外へ出た。

駅に近付いた頃、ケータイを取り出した。掛けた先は、大阪にいる妹の砂奈子だった。

「砂奈子、お願い、今夜、貴女が病気になって、私がお見舞いに行っていることにして欲しいの」

『え、いいの？』

突然の姉の依頼に、妹は驚いた声を出した。

『お父さんが入院した時でも泊りの里帰りは許されないって、うるさいバアさんの為にそそ

くさ帰ったくらいなのに』

「いいのよ、今夜は構わないの」

『へぇ……お姉ちゃんにもいよいよその時が来たか』

「その時って、なによ」

『ふふん、まかせといて。私はお姉ちゃんの味方よ』


「お待ちしておりました」

ホテルに近づくにつれて緊張が高まり、息を詰めてドアをノックした美砂代を出迎えたのは、男の柔らかな笑顔だった。

「凄いな、きっかり九時ですね。僕の方がいま帰ったばかりで、まだ準備が出来ていないんです。ソファに座ってなにか呑んでいて下さい。お茶が良いですか、それともビール」

「あ、はい、あの」

「あ、ポットがまだ沸いてない。すみません、ビールをどうぞ」

昼間の印象通り、品を感じさせる立ち居振る舞いながらも、どこか飄々とマイペースな男の態度だった。美砂代は薦められるままにソファに座り、目の前にストンと出された缶ビールを見て、肩から不思議と力が抜けるのを感じた。

せっかくなので、と、プルトップに指をかけた。だがその前に窓のカーテンを閉めさせてもらったのは、たとえ五階であろうと誰かに貌を見られないようにとの警戒心は緩ませていない証だった。

男の方はすでに缶ビールを呷《あお》りながら、向かいの椅子で鞄をゴソゴソとしている。カメオを制作する道具だろうか、あれやこれやと見たこともない木の棒や木板や何本もの彫刻刀が次々と鞄から出てくる。その物珍しさと、それらを扱う男の手付きの細やかさに、美砂代の目はしばし惹き付けられた。

「お互い、まだ名前を言っていませんでしたね。私は瀬能岳生と申します」

思い出したように鞄から目を上げて、男が丁寧に辞儀をする。

「私は……春本華子と申します」

これも訊かれたら名乗ろうと考えていた偽名だった。

「美しい名前ですね。華やかな春の花を連想させて、貴女にお似合いです」

「私はそんな……ただの地味な女ですわ」

その答えに、瀬能が軽く吹き出した。

「昼間もそのようなことをおっしゃっていましたね。でもあのマネージャーもガードマンも、貴女の美貌に気圧《けお》されていたのに気付きませんでしたか」

「ふたりとも、貴女を連れて部屋を出る僕を羨ましそうに見ていましたよ。あんな状況で男に見惚れさせる女性なんて、そうはいませんよ」

「まさか、そんな」

『あんな状況で』と、瀬能がいかにも愉快げに笑ってくれたおかげで、美砂代もまたひとつ、張り詰めていたものが緩んだ気がした。

「では、精一杯おめかししていて助かりましたわ。でなければいま頃は警察の留置場ですね」

「警察官だってたぶらかせますよ、貴女なら」

「まぁ」

《春本華子》となったいま、万引きをしたことにも開き直った冗談を言い、笑うことの出来ている美砂代だった。

だが、

「さて、こちらの用意は出来ました。ですが、その前に華子さん」

と、瀬能が少し改まった貌を向けた時、背筋にふたたび緊張が走った。

「はい……」

「貴女はこの土佐のご出身ですか」

「は、い……いえ……」

「土佐といえばカツオ」

「……はい？」

身を硬くして次の言葉を待っていた美砂代に瀬能が言ったのは、こんな台詞だった。

「カツオを食べませんか。僕、この土地へ来てから一度も食べる機会がなかったんですよ。そこで今日、デパ地下でカツオの叩きを買ってきたんです。このホテル、地下にちょっとしたキッチンスペースがあるんですよ。そこで包丁とまな板を借りましょう」

「は……あ」

「行きましょう、行きましょう」

またもや瀬能のペースで動かされることとなった美砂代だった。

瀬能について、エレベーターで地下まで降りた。

地下フロアには、ビジネスホテルに初めて入った美砂代にとって、驚くようなものがずらりと並んでいた。

「まぁ、大浴場に、マッサージ機まであるんですね。それにビールの販売機、おつまみと……製氷機、流しに電子レンジまで」

十二畳ほどの空間の端にはソファセットもあり、数紙の新聞や週刊誌、漫画の単行本まで備えられている。光熱費を節約しているのか、電子レンジや自動販売機の上にのみ小さな照明が灯《とも》されて、全体的に仄暗《ほのぐら》い。その仄暗さがまた、美砂代にとっては子供が初めて経験する夜行列車にも似た、非日常的な空間を醸し出していた。

「大浴場はこのホテルの売りです。男性しか入れませんけどね」

「男性だけ？　何故ですか」

「利用客は大概、出張中のサラリーマンだからでしょう。それにしても」

と、瀬能は持参したカツオをまな板に載せて可笑《おか》しそうに笑う。

「華子さんて見た目通り、お嬢様なんですね。うちの会社の女の子たちは皆、出張先のホテルで安焼酎をひとり呑みするのが至福のひとときだって言っていますよ」

「私は、確かに出張の経験はありませんが――」

思わず反論しかけ、だが言葉に詰まってしまう。

《お嬢様》と言われたことについては、実家の両親から大切に育てられた美砂代に異論はなかった。

だが嫁いだいまはどうだろう。義母と夫から小間使いのように扱われ、自由を持たない自分よりも、出張先のビジネスホテルで安いお酒を好きに呑む女性たちの方が、遥かに自立した魅力的な人生を歩んでいるに違いなかった。

「お嬢様が、万引きなんてするわけありませんわ」

もはや開き直りでもなく、悪態をついてみせた美砂代だった。

「こんな時間に見知らぬ男の誘いに乗ってホテルに来るなんて、十分お嬢様だと思いますよ」

瀬能の台詞は嫌味とも核心に迫るものとも受け止められ、だがその笑いを滲ませた物言いは、美砂代を萎縮させるよりも、自然な怒りを誘発するものだった。

「そうですね、私は世間知らずの小娘のようにのこのこと、ここまでやって来ました。でも、貴方を信じているわけではありません。むしろ、信じたくない気持ちが来させたのです」

「そうでしょうね」

「そうでしょうね、って……見透かしているおつもりですか、私の心を」

「見透かせるわけありませんよ、人の心など」

瀬能はカツオの叩きを切り終わっていた。持参した紙皿に二列に盛ると、続いてニンニクとショウガを上から直接摺り下ろし、これまた持参の土佐産ポン酢を振りかける。

薬味をたっぷりと載せた一切れが瀬能の指につままれた。それが美砂代の口元に運ばれる。

「包丁なんて滅多に握らないので、ぶ厚くなってしまいましたが」

本当だ。厚みが一・五センチはある。これを食べろというのだろうか。

切り口もよれよれの不細工な切り身と、端麗に微笑む瀬能の貌を交互に見た。二十センチほどの近距離で、食べ物を口に入れる貌を見られるのには躊躇《ちゅうちょ》を覚える。だがその躊躇いを、あえて堂々と瀬能の目を見つめることで覆い隠した。

口を開けた。滑り光る赤黒い肉片が、薄桃色のルージュを引いた唇に差し入れられた。ピリッと、ニンニクとショウガの効いたタレが味蕾《みらい》を刺激する。齧ると、生の肉身の弾力が歯に伝わった。自分に注がれる相手の目を見つめたまま、肉身を嚙み、コクンと吞み込む。

瀬能は残った切り身を自分の口に放り込み、旨そうに目尻を緩ませた。

「旨い。さすが、どう切ろうがカツオはカツオだ」

「ええ、美味しいです」

「土地の人にも満足して頂けますか、嬉しいなぁ」

「瀬能さん、人は信じられるものよりも、信じたいものを信じます」

「あれ、美味しいと思いたいと思って下さったということですか。それでそう思ったから美味しいと思った——でいいのかな、あれ」

「遠回しな言い方はやめますわ」

美砂代は瀬能を見上げた。

手を伸ばした。揃えた指の先で、瀬能の手首を摑んだ。

骨ばった男の手首は、そのまま動かなかった。

「昼間、貴方は私の腕を摑みました。振りほどこうと思えばほどける強さで。でも私は振りほどかなかった」

「ええ」

「何故だかわかりますか」

「いいえ、教えて下さい」

「貴方の目が、私を縛っていたのですわ。あれからもずっと。離れている間も、いまも」

手首を摑む手が震えている。自分から誘いをかけているのは自覚していた。そのようなはしたない行為を取れる女だと、いまのいままで知らなかった。こうしている最中《さなか》も。

「狡《ずる》い女です、私は。自分のことも信じられません。でも……」

そこから先が言えない。思いは喉まで込み上げているのに。

距離の縮まったほんの十数センチ先で、瀬能の唇が動いた。

「私は、貴女を抱きたいと思っていました」

——ああ……

その声は、美砂代の混沌《こんとん》から同じ言葉を掬い上げた。はっきりとわかった。

そうだ。私もこの男に抱かれたかった。その為にここへ来た——

摑んでいた手首を放した。

すぐに瀬能の両腕が背中を包んできた。強く抱き締められた。その力強さに、頽《くずお》れそうになった。

六年振りに触れた男の肉体だった。いや、夫にもこのような力強さは感じたことがなかった。この身をくるむ逞しい腕、がっしりと受け止めてくれる広い肩、汗と埃《ほこり》混じりの、野性味を帯びた皮脂の匂い——

欲しかった。これが。胸苦しいくらいに。

「瀬能さん……」

いま生まれて初めて、男の持つ圧倒的な力に触れている気がする。欲情だけではない。こんなにも自分は力強く包まれることを欲していたのだと、美砂代は瀬能の懐に貌を埋め、胸を震わせた。

深く息を吸い込んだ。瀬能の匂いを肉体の隅々まで行き渡らせ、ゆっくりと息を吐いて、また吸った。

陶然となりながら何度目かの呼吸をした時、背中の手が肩から衿足を回り、衿元へと伝い降りてきた。

「あ……」

反射的に身を引きかけた。

肉体は熱く疼いていた。だがここはホテルの地下フロアという公共の場所、しかもまだ夜の九時半だった。

「瀬能さん、駄目……」

だが瀬能の手は構わず、掛衿の内側をなぞり、長襦袢の下へ潜り込む。

拒絶する間も与えられず、下着を着けていない胸の膨らみが撫でられた。

あ、あ——いけない……駄目……

ただでさえこのような場所で抱き合っている男女など人目に付くというのに、自分はこの土地では名の知られた寺の坊守なのだ。

なのに肉体が動かない。声が出ない。じっと身を硬くしながら、意識は乳丘を上る指先の感触に集中してしまう。肌が、このざわめきの先にあるものを待ち望んでいる。

——はっ……！

息を呑んだ。膨らみの先端が、そっとつままれた。小さな蕾が指の腹で軽く押さえられたまま、円を描くように転がされる。

瀬能のシャツをぎゅっと握り締めた。じくじくとした疼きが水輪のように肉丘を伝い、肌の下で広がり始める。

「お、お願い……ここでは……」

その言葉を遮るように、唇が塞がれた。柔らかな唇のはざまから、濡れた舌が歯を押し割った。舌先と舌先が触れ合い、徐々に深く絡み合う。

何故もっと抵抗しないのか。心では抗いつつも、絡め合う舌の軟らかさと、仄かにアルコールの香りのする唾液の味に、脳味噌が蕩けてしまいそうになる。この身を強く抱き締めながら、敏感な胸の突起を愛撫するその指に、切ないほどの情感が込み上げる。

「あん……い、や……」

あえかな吐息が、瀬能の口腔に吐き出された。その息がまた温度を高めて美砂代の口腔に戻ってくる。湿った熱は唇を濡らし、頬の粘膜を痺れさせ、肺を満たす。全身の血肉を愉悦色に染め上げる。

乳首をつまんでいる指先は芯を捕えたまま、根元をくりくりと回しだした。

「あ、あ……」

肉房全体が痺れるような甘美な刺激に、喉の震えを抑えられない。

その時、《ガタン》と、エレベーターの方から音がした。

「……瀬能さん……！」

「大丈夫ですよ、どこかの階でエレベーターが動いただけです。ここへ降りてくるとは限りません」

言いながら、瀬能は美砂代の肩を抱き、フロアの壁際にあるソファの陰へ移動した。

ここならばソファの背もたれに隠れ、誰かが降りて来ても見つかりにくい――と、かろうじて安堵したのも束の間、突然、後ろ向きにされ、瀬能を背後にして座らされた。

「な、なにをなさるの」

少し貌を傾げればエレベーターが見える位置だった。

背後の右手が、腋下の身八つ口に忍び込む。もう一方は強引な手付きで衿をはだけてくる。

「いや！」

吐息で訴え、首を振った。これでは万が一エレベーターから誰かが降り、その人物がソファに近付いた場合、自分の姿も、この乳房までもが丸見えになってしまう。

だが柔和な笑みとは裏腹に、その手に情けはなかった。薄闇に晒された両の乳房に指が喰い込んだ。先端の蕾を押さえた指先は小刻みに揺れ、淫靡な微振を与えてきた。

「あ、ん……いや、駄目」

懸命に首を振り、哀願した。瀬能の腕を摑み、離れようとした。なのに拒もうとするほどに、その手に力が籠る。

「はぅんっ……！」

捏ねられる乳首は、燃え立つ疼きに溶けてしまいそうだ。肉体の芯まで疼かせる妖しい指遣いに、美砂代は我知らず、身を仰《の》け反《ぞ》らせていた。

「は、あぅ……ふ……」

真っ白な喉を反らし、薄桃色の可憐な唇を震わせる美砂代の肉体の奥で、どうしようもなく滾り立つ熱があった。熱はもの苦しいほどに出口を求めていた。

悩ましく紅い舌を覗かせる唇を、瀬能の唇がふたたび塞いだ。

「はぁっ……！」

乳頭を練り込む指の動きが速度を高める。熱い指の腹で乳首の芯が変形して蕩けてしまいそうになる。

浅い息を荒げながら、やめて……と懇願しているのか、さらなる官能を欲しているのか、もはや自分でもわからない。

唾液にまみれた口腔を貪り合った。歯茎も、上顎も、頬の粘膜も、言葉を発せない代わりに激しく舌で求めた。

ガタン——

——ああ、もう……

全身が痙攣した。続けざまに、熱いうねりが体内で火を噴いた。

無我夢中で瀬能の腕にしがみついた。舌にしゃぶりついた。溢れて混ざり合う唾液を呑み込んだ。めくるめくこの愉悦を一滴も漏らさずに体内へ流し込みたかった。肉体中を情火に焼き尽くしながら、美砂代は自ら絶頂の扉を開いた。

——……い、く……ああ、私、いってるの……！

乱れきった前身頃の下、脚が大きく開いていく。

薄闇に、真っ白な足袋先がピンと硬直した。

——あぁ、私……こんなに……！

ガクンと、力が抜けた。

そのまま後ろに倒れ込んだ。

法悦の波がいつまでも繰り返し打ち寄せる。そのたびにヒクン、ヒクンと肌が震える。

背後から、強く抱きすくめられた。その腕に身を預け、荒い息を吐きながら、美砂代は遠《とお》退《の》いていくエレベーターの音を聴いていた。

「すごい……こんなにいやらしい汗をかいてる」

乳肌を撫でる掌の感触に、ようやく恥じらいを取り戻し、「いや……」と、腋を閉じる。

「次こそ、誰かが来るかもしれませんね」

意地悪なことを囁きながら、指は濡れた腋下にも忍び込む。

「やめて……汗を拭かせて」

「駄目です」

二の腕を摑まれた。

「あんっ」

引き上げられた腕の下、唇が腋下に当てられた。

無防備な薄い皮膚の上で、ちろちろと生温い感触が動きだす。

「いや……ああん……」

それは夫からはされたことのない行為だった。だから知らなかった。自分のこの場所に、こんなにも快美な感覚が眠っていたとは。

舌先は軟体動物のように腋下を蠢き、恥ずかしい汗を舐め取っている。まるで痺れ薬を沁み込ませた針先がぷつぷつと皮膚の内側から突いてくるようだ。

「駄目です、もう……」

ピクッと腰が躍ってしまう。そのたびに反射的に腋を閉じようとするが、二の腕を摑む手はそれを許さない。力を入れた腋下には愛らしい窪みが描かれるだけだ。

舌先はその窪みをなぞり、中心を軽く押してくる。

「ひうんっ……」

「腋の下を舐められるだけでこんなに恥ずかしがるんじゃ、ここを舐めたらどうなるんですか」

手は、今度は背後から着物の前裾をまくり上げた。

すでにそこははしたなく乱れていたが、なお左右に大きくめくられ、汗で湿った太腿が夜気に晒された瞬間、美砂代の羞恥は極点に達した。

「いやっ、よして、こんな場所では……！」

「こんな場所なのに感じているんですか。ほら、また汗をかいてきた。いやらしい」

腿の内側に手を滑らせながら、蠱毒の響きが耳元に忍び込む。

「ああ……許して、お願い……」

「昼間の貴女は涼しげに和服を着こなす貴婦人だったのに、どうしたんですか、いまはこうして胸まで露に曝け出して」

じっとりと触れた掌が、乳丘を掬い上げるように包む。柔らかな脂肪の感触を愛でるように、乳肌の上で閉じたり開いたりを繰り返す。ゆっくりと上下する掌の下で、肌が湿っぽい熱を蓄え、もっと触って欲しいと望んでいる。

ツ——と、膝の裏から一筋の汗が、脹脛に垂れ落ちた。

薄闇の中で、瀬能の目はそれを見逃さなかった。

「ああっ、駄目！」

突然、太腿が大きく割られた。肉体は床の上に仰向けにされた。両の脚が高く掲げられた。

「いや！　駄目です、おねが……！」

言葉が尻切れトンボになったのは、膝裏にねっとりとした刺激が走ったからだ。

瀬能の舌が、汗を滴らせた膝裏を舐めていた。腋下を舐められた時と同じように、そこも初めて愛撫される箇所だった。いま初めて知る、隠微な官能を溜め込んだ箇所だった。

「ああっ、あんっ……！」

じっとしていられないほどの喜悦が、膝裏から太腿へ、脹脛へと燃え広がっている。腰をよがらせて身悶える下半身に、ふたたびカァッと火が点《つ》き、淫らな汗がじわじわと滲んでくる。

「ああ、駄目、私……」

その舌先が徐々に、太腿へと上がり始めた。

下着の中心部がめくられた。そのまま脇に寄せられた。

唾液を浸した滑らかな舌先が、尖りきった肉真珠を捕えた。

「はぁうんっ！」

痺れるような衝撃に、総身が弾む。

「はぁ……あぁぁっ！」

夫との関係がなくなって六年間、そこは自身の指と性具で慰めるしかなかった。己のものではない意思と感触に責められる快感、その苛烈さを、美砂代はいま、狂おしいほどに求めていた。

瀬能の唇は生まれたての花の蕾を含むように、優しくそっと、表皮を愛撫している。

「くぅっ、んぁぁぁっ！」

「すごいですよ、華子さん。貴女ほど美しく、いやらしい女性はいない。つつましやかなお貌をしながら、ここは満開の牡丹のようにぽってりと花弁を広がらせている」

「いやっ、言わないで……いや……！」

「わかりますか、花弁が真っ赤に充血して、ぬらぬらと愛液を溢れさせています。ほうら、花弁を引っ張って、こうして蝶の羽のようにひらひら揺すると……ああ、零れる、零れ落ちてしまいます」

「いやよ、いやいや……あぁぁぁ……！」

花弁を弄る瀬能の指先から、えも言われぬ快感が突き上がってくる。

いつしか美砂代は先刻瀬能がしてくれたように、自ら両の乳房を揉みしだいていた。乳首をつまみ、捩じり上げていた。

瀬能の指先は花弁の内側と外側を上下に摩りながら、舌先は肉豆を転がし続けている。

「ひぅっ、ひゃぁんっ！」

わずかな刺激にも、肉体は鋭く反応してしまう。そのくせ、どこを舐められているのかわからないくらいに麻痺もしている。

ふしだらに腰を振り上げ、よがりながら、その動きは一層の愛撫をせがんでいた。

「あ、あ、瀬能さ……！」

足りない、まだ足りない……もっと強く舐めて欲しい。蕾を潰し、ぐちゃぐちゃにしてしまうほど、乱暴に舐め上げて欲しい――！

「華子さん、どうしましたか」

「瀬能さん……瀬能さん……美砂代と、呼んで下さい、私、本当は美砂代と……」

「美砂代さん、もっといやらしくなって下さい。もっと奔放に、して欲しいことを言って下さい」

「瀬能さん……あぁっ、気持ちいい、気持ちいい……お願い、もっと、もっと……お願い……！」

その時だった。ふたたび薄闇の向こうで《ガタン》と音がした。

ビクッと心臓が縮こまった。咄嗟に袖で胸を覆い、脚を閉じかけた。

だが瀬能の唇がそれを阻んだ。さらに小刻みに舌先を動かし、卑猥な刺激を送り込んでくる。

「待って……エレベーターが……」

今度こそ他の客が、この地下フロアに降りて来るかもしれない。

「瀬能さん……お願い！」

「いまの『お願い』は、なんのお願いですか。どこをどうして欲しいのかな」

敏感な皮膚の上、湿った吐息で囁いて、瀬能は動揺する美砂代から唇を離さない。

続いて、彼は信じられないことをした。舌を硬く尖らせ、押し開いた裂け目に潜り込ませてきたのだ。

「ひうっ、はううっ……！」

美砂代の喉から濃艶な悲鳴が漏れた。抑えきれなかった。そして、
ガタン──

今度こそ、数メートル先で、エレベーターは止まったのだった。

扉の開く音、続いて複数の男性の声とスリッパを引き摺る音が聴こえてきた。

「風呂はどないする」

「僕は明日の朝でええわ、それよかスポーツ新聞あるやろか」

「さっき、うどん屋で読んだやろが」

「阪神勝った日は、何べん読んでも気持ちええねん」

「でもなぁ、こういうとこに置いてあるの、エロページが抜けてんねんなぁ、使えんわ」

降りて来たのは、三人の中年男性だった。

溜まりきった疼きに全身をヒクつかせながら、美砂代は声が漏れないよう、唇を嚙み締めた。

だが瀬能は美砂代の太腿のはざまで、さらに恥唇の内側をねぶり上げる。

――はぁぁ……っ！

激烈な快感に耐えながら、ひたすら、いやいやと首を振ることしか出来ない。少しでも声を上げたり物音を立ててしまえば、彼らに気付かれてしまう。

そんな美砂代の反応に、瀬能は唇をわずかに笑いの形に歪めるだけだ。

パンティに手をかけられた。ゆっくりと引き降ろされた。控えめなレース生地の白い薄布が、腰骨から下げられる。すかさず両腕で下腹部を覆おうとするが、代わりにいままで隠していた乳房がまろびでて、うろたえてしまう。

男性たちの話し声は、どんどん近付いてくる。

「ほな僕、風呂に入ってくるわ」

ひとりのスリッパの音が、こちらに接近した。

——ああ……!

緊張に、またもや淫汗が噴き出した。

動けない美砂代の太腿で、薄布がそろりそろりと引き降ろされていく。ソファを隔てた一メートルも離れていない距離で、シャタン、シャタンとスリッパ音が鳴っている。

薄布は脹脛を滑り、足首まで降りた。硬くこわばった爪先から、片方ずつ脱がされた。

膝頭が摑まれた。じわじわと左右に開かれた。

——いや!

かろうじて下着を纏っていた先刻とは、はっきりと羞恥の度合いが違った。いまや美砂代の下半身は守るものがひとつもなく、爛々と濡れ乱れた淫具を曝け出していた。

ほぅ——と、瀬能の長い嘆息が聴こえる。

美砂代は目を瞑り、ただただ耐えていた。

男性に陰部を見られることがこんなに恥ずかしいものとは、初めて思い知らされる気がした。性の快楽を知らない若い頃は、肉体への自覚も浅かった。結婚してからは、身も心も夫に捧げようと努める意識が勝っていた。いま、欲情に支配され、このような状況で幾度も昇り詰めてしまう己を知って初めて、その破廉恥さ、みっともなさがこの身を突き刺してくる。

瀬能がスラックスのファスナーを下げている。美砂代は必死に貌をそむけ、せめて劣情に紅潮した頬を見せまいとしていた。

ややあって、その頬に手が添えられた。貌を上げるよう促された。もはや観念するしかなかった。ためらいつつ目を開け、瀬能を見た。

穏やかに微笑む端整な貌立ちは、昼間見た時には、不思議な安心感を覚えさせるものだった。一時の心の乱れから万引きをしてしまった美砂代だったが、その笑顔は美砂代に引け目を与えることなく、むしろこの胸に飛び込みたいとの気持ちを与えてくれたのだった。

だがいまは、その炯々《けいけい》とした瞳にもうひとつ、隙のない思惑が見えた。優しさとはまた別の、身を預けたくなる力強さがあった。

美砂代も手を上げた。自分を見つめる男の頬を撫でた。

「土佐いうたらやっぱカツオやな。で、どれくらいの太さに切ったらええんや」

「あれ、ここにもカツオがある。誰か忘れて行ってんで」

わずか三メートル先で、ふたりの男性客が歩き回っている。ソファの背もたれに隠れてはいるものの、気配を消し去ることは困難な近距離で、なにかの拍子に彼らがこちらを振り向けば身の破滅だった。

だが、会ったばかりのこの男に惹かれて自らここへやって来たのだ。今夜この男に身を委ね、記憶にない自分と出会ってみたいと、そう思ったのだ。

美砂代の脚から少しずつ、こわばりが解けた。

その内腿を、瀬能の手が摑んだ。

脚が高く掲げられた。

——あ……

開いた太腿のはざま、そぼ濡れた媚肉のあわいに、男の太い先端が押し当てられた。

その軽い圧迫だけで、全身が打ち震えた。

——すごい……

男の触角は、しっかりとこの肉体の中心を捕えている。自分の皮膚よりも温かい肌が、はがねのような根芯を突き上げ、真っ直ぐ迫り来ようとしている。

わずかに身を仰け反らせながら、だが瀬能を見つめていたかった。どんな快楽も感動も、この身に刻み込みたかった。

唇で、次の動きを求めた。

——きて……

ぐうっ——と、媚肉が押し割られた。膣全体がみっちりと満たされていく。男の形に変形していく。

「くっ……はぅっ……」

声の漏れそうな唇に指を押し当て、瀬能の背に強く脚を絡ませた。

生身の男の体温が、膣いっぱいに入ってくる。粘膜の襞という襞が悦びにわななき、雄々しい肉塊に纏わりつこうとしている。

——う……

直後、瀬能の顔が歪んだ。いったん腰の動きを止め、美砂代の耳に口づけてくる。

——きつい、美砂代さんのここ……吸い付いてくる……

囁く吐息がじわっと耳朶《みみたぶ》を湿らす。その言葉だけで、肉体はまた悦びに震えてしまう。

——続けて、このまま、お願い……

さらに深く、熱塊が埋め込まれた。一番奥まで、入りきる限界まで。

——ああ……瀬能さん……瀬能さん……！

貌中を官能の色に染め、美砂代は瀬能の肩にしがみついた。

膣肉の受ける圧迫は、子宮が潰れてしまいそうなほどに凄まじく、泣き出したいほどに甘美だった。じっと繋がっているだけでも、互いの鼓動と血の流れが密着した内部で脈を刻んでいる。どくどくと官能の律動を注ぎ合っている。

滲み出る汗が、襦袢を肌にはりつかせた。美砂代の清廉な美しさを引き立てていた撫子色の小紋はいまや、しどけなく床の上で乱れ、石楠花《しゃくなげ》のように広がっていた。

意識はすべて肉体の快楽に奪われている。このまま、どうなってもいいと思う。この快楽を貪る以外、なにも考えられない。

だから薄闇の向こうの声が近付いてきた時、襲われる筈の恐怖は起こらなかった。

「しかし今日は暑かったたな。さすが南国やで、太陽がカンカンや」

自動販売機でビールを買った男性たちは、そのまま美砂代たちの隠れているソファまでやって来た。

「汗もかいたな。やっぱ僕も風呂に入ってこようかな」

ひとりの男性の声が頭上で響き、すぐ脇で、ギシリとソファが鳴った。

背もたれを挟んだわずか十数センチ向こうで、ソファに座った男性の声は微弱な振動まで寄こしてくる。

「僕は大浴場てのがどうも苦手やねん。お姉ちゃんでも呼ぶんやったらゴシゴシ綺麗にするけどな」

「汗だくや、ほんま」

その声に、瀬能がくすりと笑った。

美砂代も笑った。悪戯っぽくも蠱惑的《こわくてき》な笑みだった。

その笑みが、徐々に頬を歪ませ、掻き消える。

瀬能の腰がゆっくりと、美砂代の上で動き出したのだった。

──あ……あ……っ
抑制された動きだった。だが太くはちきれそうな肉塊は、ひと突きごとに秘膜へ甘やかな戦慄を寄こしてくる。

突かれるだけではない。逞しく傘を広げた先首は、引く時も生々しく襞を擦っていくのだ。ゆったりと緩慢な動きなだけに、その間、次の衝撃の予感がなまめかしく秘膜を疼かせる。そしてまた、ぐうっと深く打ち突かれる。

「あー、ほんま、疲れる、疲れる」

──ああ、はぁ……

床に広がる絹の海で、美砂代の白い太腿がじりじりと瀬能の背を上下する。湧き上がる快楽が燃え滾り、全身の皮膚を焼き焦がす。

そして勢いまかせではない、落ち着いたセックスであるだけに、意識は肌の外側へ反応する余裕も得るのだった。

「日本酒も買《こ》うとこかな」

「僕、ウーロン割り」

——あ、あ……また……

男性たちの声に、肉体はピクッと震える。我が身を悟られぬよう、懸命に声を押し殺しつつも、声が響いた瞬間、男根を呑み込む媚肉に甘い電流が流れてしまうのだ。そのたびにキュッと粘膜が締まり、この淫らな昂奮が瀬能にも伝わってしまう。

——もしも、いま、この人たちに見つかったら……

肉塊が、ぐぃ、と沈んでくる。一番奥まで先端を埋め、そのままいやらしい動きでぐりぐりと左右にねじり上げてくる。

切なげに悶えながら、美砂代は唇で指を嚙む。その美貌は生来の気品を残しつつも、匂い立つ色香を放ち、快楽のうねりに呑まれていく。

「やっぱこのまま呑んで寝るの、もったいないな。僕もお姉ちゃん呼びたい気分になってきた」

頭上からは、男の声を発する振動、ビールを呑む喉の鳴りまでもが、合成皮革を通して伝わってくる。

ネチョ——と、繋がり合った陰肉から、淫猥な響きが上がった。

「そうやろ、なんや知らんけど、今夜はそんな気分になるな」

——だったら……

瀬能の肩に唇を押し付け、歯を立てた。だんだん呼吸が速くなってくる。声に出せない喘ぎが、湿った吐息の中で熱く燃えている。

――振り向いて……私を見て……

情欲の塊となった女の器官が、猛々しい男の肉砲にねぶられ、抉られている。男たちに見つかることを最も怖れながら、喜悦の熱が高まるほどに、見て欲しいという欲望を燃やしている。

――ああ……ああ……

男性たちの汗と体臭が、薄暗い地下の空気に溶け、美砂代の肉体を包み込んでいる。

――私のアソコも匂ってるの……ねぇ、嗅《か》いで……いやらしいの、いやらしいことをしてるの……見て、見て、見て……

心がそう叫んだ直後、

「あ、はぁんっ……!」

ずっしりと重みを持って突き上げてくる男根に、あえかな嬌声が喉を震わせた。

ギシリとソファが鳴った。その音が、美砂代の全身を淫靡にわななかせる。

気付かれただろうか。振り向かれるのだろうか。見知らぬ男性たちに、この淫らな姿を見られるのだろうか。

――ああ、いや、見ないで……でも……でも……見て……！

耐えがたいほどの快感と恐怖に、ぎゅっと目を瞑り、瀬能の肩に爪を立てた。深く喰い込む指先は、絶頂の気配を摑み取ろうとしている。

グチョッ……ネプッ……

――……ねぇ、聴こえるでしょう……私、もう……

薄闇の底で、美砂代の肢体がしなやかに仰け反った。

――見て……いくわ……私、いってるの……！

仄暗い地下フロアの床の上、美砂代は瀬能に肉体を預け、いまだ荒い息を吐いていた。

辺りは静まり返っていた。男性客たちは三人とも、階上に戻った後だった。

「美砂代さん、貴女が今日、欲しいと思ったこのカメオには、薔薇の髪飾りが彫られています」

「……ええ」

虚ろな目で美砂代は、瀬能がスーツの胸ポケットから取り出したカメオを見た。

そうだ。自分は昼間、このカメオを万引きしたのだ。それが今宵の狂乱の始まりだったた

――

「貴女のお母さまのカメオには、女性の髪にダリヤが飾られていたとおっしゃっていましたね」

「ええ、とても華やかなダリヤでした」

「貴女のカメオにはどのような花が似合うか、貴女を抱きながら考えていました」

美砂代は指先でカメオに触れ、花の輪郭をなぞった。

「瀬能さんは、シクシンという花をご存じですか」

「シクシン？」

「夜に咲く花です。闇の中で真っ白な花弁を広げるのです。清楚で可憐な花です。なのに朝が近付くにつれ、その花弁は徐々に紅く染まり始めるのです」

「夜に咲く花は月下美人など幾つか聴いたことはありますが、色まで変える花があるとは」

「匂いも強いのです。鼻腔を蕩けさせるような、独特の甘い匂いを放ちます。何故だかわかりますか？」

「いいえ」

「闇の中で自らを誇示し、受粉の媒介となる虫たちを惹き寄せる為ですわ。そして紅くなるにつれて、その身は萎れ、匂いも薄れていくのです」

美砂代は、いま頃温室で純白の花弁を開かせているだろうシクシンの姿を想った。清楚で可憐に見えるその白も、闇に映える為だ。虫たちに自らを見つけてもらう為だ。そして夜の虫たちが花弁に降り、花粉を雄しべから雌しべへ運ぶその最中、思いを遂げゆくシクシンは己が身に血を通わせ、紅く色付くのだ。

「美砂代さん、カメオには他の貝やサンゴを埋め込んで色も付けられます。僕は深紅のサンゴを好んで使います」

「素敵ですね。白と紅の混ざり合うカメオになるんですね」

「貴女の帯を飾るシクシンは、白にしましょうか、紅にしましょうか」

「そんなことを訊かなくても貴方は——」

美砂代は身を起こし、瀬能の頬を撫でた。

「ご存じの筈だわ。私という女を」

一か月後、ガシャガシャグシャンッと、けたたましい音が境内に鳴り響いた。

松の板を張った廊下が慌ただしく軋み、血相を変えた義母が駆け込んで来る。

美砂代は本堂の阿弥陀像の前に正坐し、つる渡しの花入れに桔梗《ききょう》を生けていた。

「美砂代さん！　貴女、業者の人たちになにを言ったの！」

「おはようございます、お義母さま。瓦の葺き替えはお断りいたしましたわ。代わりに門前の階段にスロープを作って頂いています」

答えながら、薄紫色の花弁をすっと指先でなぞった。その輪郭のくっきりとした美しさに、美砂代は感嘆の吐息を漏らす。

「瓦の葺き替えは断ったですって！　スロ、スリ、スッ……」

「スロープです、お義母さま。これがあれば脚の悪いお年寄りや、お体に障害のある方にも来て頂きやすくなりますわ。寺というものはあらゆる方に門戸を開くべきですもの」

窯肌の花入れに、花を三つつけた桔梗をひと茎、挿し入れた。少し背が高いだろうか。

「住職はっ！　息子はなんと言ってるの！」

「夫は法要へ出向きました。また今日も破格の読経料を頂いて、そのまま愛人宅へ行くのですわ。このようなことを続けますと、そのうち神仏からも、心ある檀家さんからも見離されてしまいますのに。でもその貴重なお金で、来年はお手洗いをバリアフリーにする予定です。小さなお子様連れの方にも気兼ねなくいらして頂けるように、授乳室も設けましょう」

「貴女っ……跡継ぎも産めない嫁の分際でなにを！」

「お義母さま」

パチンと、桔梗の茎を切り、美砂代は義母に向かってにっこり微笑んだ。

「いま、この寺の坊守は私です。坊守として、自分の信じることを行っているのですわ。さあ、お義母さまもご一緒に、本堂に飾るお花を生けて下さいな」

そう言って花を差し出す美砂代の帯で、ひとつのカメオが輝いた。

そこに彫られているのは、紅く艶やかな花を髪に飾り、凜と微笑む、美砂代によく似た女性の横貌だった。

第四章　メデューサ

——二百万か……

頭痛薬を放り込んだ口の中で呟き、貴島美香《きしまみか》はペットボトルの緑茶を含んだ。くさくさした気持ちに頭痛薬が効くのかはわからない。舌もザラザラしている。胃もムカムカする。だいたい空気が悪い。おかげで口中がいがらっぽい。が、仕方がない。煙草は三年前に止めた美香がいまだ休憩時間のたびに喫煙室へ来るのは、控室や社員食堂よりもずっと人が少なく、静かだからだ。

特に今日は頭の痛くなることがあり、独りになりたかったのだが、そんな時に限って不運が重なる。

「よく一緒になるよね。どこの店？　婦人服？」

先刻から右隣りで、小蠅のようにブンブン鳴っている声がある。紳士服あたりの販売員だろうか。以前から阿呆面をチラチラと寄こしている男だ。いや、あれはまた別の男だっけか。ともかくこんなヘラヘラしたスタッフを使っている店の呑気《のんき》さが羨ましい。年間幾ら払っているのだろう。

《悪い虫》とはよく言ったもので、昔からどうでもいい男ほどわらわらと美香の周囲に群がってくるのだった。放っておけばそのうち離れて行くのだが、耳元でブンブンと鳴り続ける羽音への忍耐が毎回あるわけではない。仕方なくひと睨みしてやると、途端に男は頬を硬直させ、ようやく声を呑み込んだ。

フンと、また茶を呑む。

学生の頃は《メデューサ》と綽名《あだな》を付けられた美香だった。隙なく構成された彫刻のような美貌と表情の乏しさは冷淡な印象を放ち、凍った湖の水面のような瞳は、軽く睨んだだけで相手の胸に氷の刃を突き刺すことが出来た。おかげでどうでもいい男からしつこく言い寄られる煩わしさはない。モテる女というのは要するに、舐められる女ということだ。

遣い慣れた眼力で小蠅を喫煙室から追い出し、考え事に意識を戻そうとする。まったく、苛々させられること自体に苛々する。それよりもいま考えたいのは――

「あらぁ、あなたも煙草？」

今度の声は牝蠅だった。げんなりとした。いつでもどこでも誰かと喋りたがる女というのがいる。いちいち睨むのもおっくうなのにとそちらを見、慌てて姿勢を正した。

「社長、お久しぶりです」

白いスーツ姿で喫煙室に入ってきたのは、美香が支店長を務めるアクセサリー会社『TOHKO』の社長、冬木灯子だった。

明日から二週間、美香の支店の入っている丸川百貨店でジュエリー・フェアがある。普段は東京本社にいる社長の冬木は、最初の数日間のみ、この札幌支店に貌を出すことになっていた。

「出張先は土地勘がなくて吸える場所を探すのに困るのよ。あぁ、三時間振りの煙草だわぁ」

いかにもホッとした様子で煙草を取り出す冬木を、美香は若干氷の溶けた複雑な目で眺めた。上品に後ろで纏めた艶やかな黒髪。煙草を挟む形の良い指先。長い睫毛に縁取られたアーモンド形の瞳を伏せ、イチゴグミを思わせる柔らかそうな唇でゆっくりと煙を吸い込み、ふぅっと吐き出す、そんな一連の仕草さえエレガントな冬木だった。

二十九歳の自分よりも五歳年上で、すでに五つの支店を持つ辣腕《らつわん》。それでいて容貌はふっくらと愛らしく、人を惹き付ける華やかなオーラを纏っている。

この人も物心ついた頃から《美女》の役割を押し付けられる人生を歩んできたに違いない。若い男から老人にまで愛玩《あいがん》され、女共の妬心に陥《おとしい》れられ、だがその役割に疲弊し、他人を遠ざける生き方を選んだ自分に比べて、彼女のこの洒脱な明るさはなんだろう。

「社長、例の……」

先刻から頭を痛めている件について相談しようとした時、「おい、灯子」と、また入り口の方で声がした。

瞬間、美香の胸が甘く疼いた。

男の方は美香に気付き、すかさず言い直した。

「いや、社長——ああ、貴島さん、お久しぶり」

「瀬能さん……」


「灯子と一緒の出張って、お得だな」

催事の準備が終わり、ホテルに戻ったのが午後十時過ぎ。部屋に入るなり、岳生はベッドに寝転がった。

「なによ、お得って」

その言い草がちょっと嬉しく、ソファに放り投げられた上着を拾いながら灯子は訊いた。

「さすが社長、泊るホテルが豪華。社員単独出張のビジネスホテルとは全然違う」

「あら、ホテルのランクアップが嬉しいだけ？」

パシンと上着ではたく振りをして、クローゼットに掛けに行く。

「あ、いいよ、自分でやる」

「いいのよ、豪華ホテルには美人メイドも付いてるの」

結婚していた頃もこうしてよく岳生の脱ぎ散らかした衣服を片付けていたものだったと、襟元を整えながら、灯子は温かい気持ちになってしまう。

岳生は缶ビールをグラスも使わずに呑み、テレビのチャンネルを変えていた。ネクタイも緩めたままでだらしなくベッドに脚を投げ出している姿を見ると、いつも出張中はこうなのかと半ば呆れ、半ば可愛らしく思う気持ちが湧いてくる。

「最初はどうなることかと思ったけど、あなた、想像以上に活躍してくれているわね。存続の危ぶまれていた天神店もあなたのおかげで見事に持ち直したわ」

灯子も冷蔵庫からビールを出し、ベッドに座った。岳生を真似て直《じか》に口を付ける。

「俺も思っていた以上に楽しいよ。大勢の人が見てる中でカメオを彫るのも、色んな人に会えるのも。ホテルだってさっきのは冗談。旅先のビジネスホテルでひとり酒を呑む時間って、結構安らぐんだよな」

「今日はあなたと一緒だから贅沢したの。それに一応、経理上の建前でふた部屋取ったけど、本当はダブルのひと部屋にして節約したかったわ」

冗談めかして言い、脚を伸ばして岳生の腰をまたいだ。

「じゃあ、今夜は一緒にいられるのかな」

「今夜だけじゃないわ。札幌にいる間、夜の私はあなたのメイドなの」

囁いて、岳生の耳元にキスをした。

十五年前、初めてこの耳に口付けた時、あまりの耳たぶの小ささに、これは貧乏でも仕方がないなと笑ったものだった。

だから私がなんとかするのだ。この人の為に――

十九の時に抱いたその決意は、いま少しずつ叶えられようとしている。仕事も生活も私が支えるから、あなたは好きなカメオを彫っていればいい。そして私の傍にいてくれれば――

「うん……」

岳生がくすぐったそうに身をよじる。

「逃さないんだから」

薄い耳たぶを甘く嚙み、そうしながらワイシャツのボタンを外した。

ボタンをすべて外し、肌着代わりのTシャツをまくり上げると、葡萄の種のような小さな乳首が現れた。

唇を寄せる。そっと舌を出し、小粒の突起をペロッと舐めた。

「う、ん……待って」

岳生はシャツを脱ごうとする。

「脱いじゃ駄目」

「どうして」

「どうしても」

数週間振りに訪れたふたりきりの時間だった。再会して以来、会うのは仕事上の用件がほとんどで、プライベートの夜は灯子がセッティングしなければ得られなかった。

岳生の方から誘ってこないのは、いまは灯子に雇われている立場であるとの遠慮からか、あるいは離婚を切り出された側であるとの引け目からか。それとも別れて十年以上経ったいま、その心はすでに灯子に対してなんの想いも残していないのか。

本心を問う勇気もなく、せめて仕事中の岳生と、いまベッドで一緒にいる岳生が同一の人間なのだと実感する為に、ワイシャツやネクタイといった、昼間の残滓と共に抱き合いたいのだった。

「うん……くすぐったいよ」

岳生の上半身が逃げるように傾いた。灯子は唇でその胸を追いかける。舌先を硬く尖らせて、乳首の周囲をまぁるくなぞる。

「くすぐったいってば」

「でも硬くなってるもん。ほら、可愛い」

乳首の周りを何周かして、今度は舌を直接、乳首に当てた。舌先を小刻みに動かして上下に転がしたり、前歯で甘く噛んでみたりする。そうしながら、もう一方の乳首も指先でつまむ。指先で左右に転がし、中指の腹で乳首ごと円を描く。

「おい、感じちゃうよ……灯子……」

「もっと感じて」

乳首を舐めながら、スーツズボンのベルトを外した。岳生の好むベルトのバックルは、もう目を瞑っていても外すことが出来る。

続いてボタンを外し、ファスナーを降ろしかけたところで、岳生が体勢を変えた。肉体を優しく押し倒され、灯子はベッドの上で仰向けとなった。

「あん、もっとさせて」

「だーめ。今日は俺が灯子を苛めるんだから」

相変わらず痩せ気味の肉体が、でも灯子を包み込むように重なった。貌が近付いた。少し乱れた前髪が頰にかかる。優しい光を湛《たた》えた瞳が、真っすぐこちらを見下ろしている。

「ずっと会いたかった。ずっとこうしたかった」

低く放たれた囁きに、不覚にも涙が込み上げてしまいそうになった。リップサービスは出来ない代わりに、相手や状況に応じて言葉を選ぶ頭もない岳生だった。たとえそれが恋愛感情と呼べるものでなくてもいい。ずっとこうしたかったのだと思ってくれていただけでも。

骨ばった肩に貌を埋めた。

――私もよ、ずっとずっと、あなたのことを考えていたわ……

素直に答える代わりに、何度も首筋にキスをした。

スーツの上から、胸の膨らみがまさぐられた。胸ボタンが外された。

目を閉じて、その指に身を任す。

上着、インナーのシャツも脱がされ、灯子の上半身はクリーム色のレースをあしらった濃紺のブラジャーのみとなった。

むっちりと盛り上がった肉丘を、大きな掌が包み込む。五本の指を遣って膨らみの裾野から先端までを揉みしだいてくる。生地越しに、掌の温度が伝わってくる。

「岳生……ああ……」

もう一方の手が背中を浮かすように促してきた。恥ずかしい気持ちとは裏腹に、肉体は言う通りにしてしまう。

ブラジャーのホックが外された。ホテルの淡い照明の下、灯子のお椀形の乳房がこぼれ出た。薄茶色の先端は硬く尖って天井を向いている。

「あ……あ、あん……！」

岳生の両手は、たわわな乳丘を根元から揉み込んだ。絞り上げられた先端で、乳頭はさらに膨らんで突き出され、その片方が口に含まれた。

「はんっ！」

一瞬で、灯子の肉体が変わった。肌の下にぽっと火が点く。火は肉を炙りながら、めらめらと勢いを増して燃え広がる。

「あん、あ、あ、あ……」

乳頭を含んだ唇の中で、濡れた舌先が左右上下に揺れ始めた。

「ああっ、岳生……」

豊麗な椀形の乳房に比して、どちらかといえば控えめな灯子の乳暈と乳首だった。なのにそのほんのわずかな薄膚の上で、舌先は感じる箇所を的確に探り当てる。ねろねろと乳輪をなぞったり、チロチロと乳頭の根をくすぐったり、移動してちょんと乳首の表面を押したりするたび、新たな刺激が全身を打ち震わせる。皮膚の下で、官能の根が四方八方に伸びていく。

「すごい……からだが……あ、あ……！」

「いつもより感じてるね」

「……あ、あなたと会うたび、からだが、いやらしく、なるの……」

この岳生の舌が、官能が根を植え込んでいるのだ。初めて結ばれた時からずっと。いまはなお激しく。

「うん、わかるよ」

そんな意地悪なことを言って笑い、岳生は灯子の肉体を抱き上げた。そのままベッドの上にうつ伏せにされる。

「ああ、岳生……」

なにをされてもビクッと反応してしまう灯子の肌に、次の行為への期待がうずうずと湧き上がってくる。

この十年間、特定の恋人を持たず、割り切った相手とのみ関係してきた灯子だった。だが岳生と再会して、思い出した。馴れ親しんだ男との睦《むつ》み合いは、常に安らぎに満ち、没頭しつつも、次なる快楽の予感を与えてくれるのだ。その予感がさらなる昂奮を呼び、身も心も蕩けさせる。

肩に手が触れた。灯子の背中がまた震える。背中が、岳生の唇を待ち受けている。

しかし次に行われたのは、予感していた行為ではなかった。

突如、両手首を掴まれた。そのまま後ろで組み合わされた。

「えっ、なに……！」

手首に革の感触が触れた。革はぐるぐると組み合った両手首を巻き始める。カチャカチャと鳴る金属音から、これは先刻外したベルトだ。

「嫌よ、なにをするの！」

首をひねり、背後の岳生を見ようとした。だがベッドの上、うつ伏せとなって腰を突き上げている姿勢では、腕に痛みが走るだけだ。

浮いた肩を、岳生はあくまで優しい手付きで元に戻させる。

「いつかこうして、灯子を縛ってみたいと思ってたんだ」

耳元で囁きながら、温かな掌が乳房や腰、背中を撫で回してくる。

「想像していた以上に綺麗だ」

肉体に緊張を強いる体勢の為、灯子の引き締まった肢体は一層しなやかな筋肉を張りつめさせていた。自分で見ることは出来ない二の腕も、くびれた腰も、肩から尻にかけてS字ラインを描く正中線も、緊張すればするほど、妖艶な躍動美を漲らせる。

「あんっ、嫌！」

動けない灯子の下半身で、スカートが徐々に降ろされる。

「恥ずかしい……岳生！」

だが、顎と膝の二点で肉体を支えている不安定な体勢では、いくら藻掻いても無駄だった。

ストッキングとパンティも、岳生の思うがままに脱がされた。

剝き出された双丘は、オレンジ色の照明の下、脂肪の白さを際立たせて浮かび上がり、まるで甘い蜜をたっぷりと溜めた真夏の果実のように、三十四歳の女の色香をはちきれさせていた。

「こうして見ると、灯子のお尻は本当に形が良いな。小さくて引き締まって、洋服の上からだとまったく隙がなさそうなのに、こうして触るととっても柔らかいんだ。どこまでも指が吸い付いて沈んでしまいそうだ」

「だ、めっ、見ないで」

灯子の拒絶は真剣だった。

このような行為を受けるのは、実は初めてではない。岳生と別れてからは遊びの男たちと幾度でも楽しんできたし、いつからかサディスティックな扱いを好むようにもなっていた。

だが岳生にされるのは嫌だ。たとえ行きずりの男だろうと、彼らとの行為がこの肉体に残していったものはあるかもしれない。それを岳生に見破られるのが怖い。

ふと、臀肉が左右に割られた。

「えっ、なに……！」

羞恥に身を捩りかけた瞬間、中心のすぼみに、ねとっと軟らかな感触が当たった。

「いや、やめて、いや！」

もはや怯えが全身に走る。不自由な体勢で必死に腰を上下左右によがらせ、軟体の先端から逃れようとした。

だが岳生はその腰をがっしりと摑み、わざと「くんくん」と鼻を鳴らして、舌先を菊門に押し当ててくる。

舌先はくるくると恥孔の周囲で躍り、襞をなぞる。まだシャワーを浴びていない恥部は、舌先の感触よりも羞恥に支配されている。

その羞恥を突き破るように、やがてすぼみの真ん中に、むにっとめり込んでくる感覚があった。

「ああっ、やめてっ！」

一気に汗が噴き出した。同時に鳥肌が立った。ぬるりと粘膜を押し開く感触が、ぞわぞわと不気味な異物感を寄こしてくる。

「いや、いや……！」

「気持ち良くないか」

「だ、めよ……駄目な場所なの、そこは……」

「じゃあ、これは？」

舌の侵入を続けながら、今度は指先で前の秘門をなぞりだす。

「え……あ、あん、いやぁっ！」

「本当に嫌なのか。こんなになっているのに」

「あ、はっ、んっ！」

苦痛の喘ぎを上げながら、だが灯子は自分でも驚いていた。

ぬらぬらと肉唇のあわいを上下する指の触感が、いつの間にかそこがぐっしょりと濡れていることを告げている。

「う、そ……うぅっ！」

指は肉びらの内側を撫でつつ、ゆっくりと這い上がってくる。

敏感な突起が擦られた。

「はんっ、い、やんっ……」

「ここもすごく大きくなってる」

滑る指の腹が、しこった芯を練り込んでくる。そうしながら菊門をこじ開けた舌先は、さらに内側へと侵入してくる。

「いやぁ、あ……！」

渾身の力で腰をひねり、舌から逃れようとした。

だが、その動きが魔法をかけられたように、ガクンと止まった。

先刻、菊門だけを責められている時とは明らかに違う感覚が、前部の方から湧き上がったのだ。

「なに……なによ」

汚らしい箇所を舐められている恥ずかしさ。本来なら異物を受け入れる箇所ではない粘膜の違和感はいまも変わらない。

ただ、菊門を刺激されながら愛撫される、肉芽の感覚が違うのだ。

肉芽と菊門の間で、普段よりもずっと皮膚の内側が熱く潤んでいる。微弱な電流がじくじくと媚肉に流れて、いまにも溶けてしまいそうな、そのくせ時折、無数のマチ針でちくちくと刺されるような搔痒感《そうよう》が蠢きだす。

「はんっ、は、あ、あ……」

いつの間にか舌先は、さらに深くまで入り込んでいた。くねくねと粘膜を押し広げ、軟体動物のように蠢動しているのは、舌そのものの動きなのか、それとも自らの粘膜が応え、官能の根を策動させているのか。

舌がいったん抜かれた。すぐさま指が忍び込んできた。

「きゃんっ、いやぁっ！」

舌よりも指の方が内側深くに沈み込み、その動きが具体的に粘膜へ伝わってくる。

同時に、秘唇のはざまにも二本の指が忍び込んでくる。第一関節と第二関節をうねらせて膣壁の襞をなぶりながら、ぐぃぃ、と奥まで埋まってくる。

「あ、あ、はぅっ……！」

「すごいよ、お尻に挿れながらだと、いつもよりきつく締まってる」

言いながら、岳生は肛門に入れた方の指先をあらゆる方向にくねらせる。

「あひんっ！」

「ほら、きゅううぅって」

「わからない……わからないわ……」

本当にわからない。かすかな、ほんの数ミリ単位の指の動きでも、後門の粘膜は敏感に反応し、筋肉が勝手に収縮する。それがどの程度締まっているのか、自分のそこがどうなっているのか、まったく把握出来ない。

「ただでさえ灯子のここは締まっているのに、いま俺のものを挿れたら押し潰されちゃうかもしれないな」

「ああ、ああ……」

意識はすべて陰部の二点に奪われている。岳生の言葉に答える余裕もない。

「でも、灯子のは伸縮性に優れているから、どんなものでも受け入れられるんだ」

膣から指が抜かれた。菊門の指は挿れられたままだった。

「なに……なにをするの……？」

そぼ濡れた裂け目に、熱い膨らみが押し当てられた。傘を広げた肉頭が、真っすぐのめり込んできた。

「あぁぁっ！」

凄まじい衝撃が背筋を駆け抜ける。顎と膝のみで支えている不自由な肉体が、どこから来るのかわからない力で全身を弾けさせる。

「嘘よ、うそ、うそ……はぁぁぁんっ！」

髪を振り乱し、無我夢中で叫んだ。肛門などで、自分は感じる女ではないと思っていた。なのにいま、後ろの孔《あな》に指を挿れられたまま、前の孔に剛直を押し込まれて、いつもとは違う凄絶《せいぜつ》な喜悦に揉まれている。両方の孔をいっぱいに押し広げられて、粘膜を擦られながら、後ろ手に縛られた姿でよがり狂っている。肛門を弄られる刺激が、膣の快感を増大させるのだ。

「い、きそう……あ、あぁぁっ！」

背筋が大きく反り返った。汗を滴らせる肌の下で、筋肉が引き攣《つ》りながら悦びに躍動した。

「どっちでいくのかな。こっち？　それとも」

　岳生の指が、恥孔の奥でさらに指をうねらせる。

「違う、ちが……」

「じゃあお尻は抜いて、前の口だけでいいのかな」

「いやっ、やめないで……やめないで……このまま……！」

　キュッと肛門が締まった。肉体が勝手に、あるいは意識下の自分がそうさせたのか。

　すると同時に膣内もますます締まり、岳生が小さく呻くのだった。

「うぁぁ……きつ過ぎる……灯子……感じてるんだね、嬉しいよ」

　強く締まった膣内は、灯子自身にもさらに強い快感を与えてくる。粘膜が緊張するごとに、膣壁の感度が高まっていく。

　熱い愉悦が怒濤の塊となって、一層の衝撃を抉り込んできた。疼き上がり、粘液を湧き上がらせる媚肉と、迸る汗、愛液、血潮。灯子の肉体中の律動を支配するのはいまや、岳生の一本の指と剛直だった。

「感じる……感じるのっ、私、私……おかしくなっちゃうぅ……！」

　どくどくと注ぎ込まれる快楽に全身を支配されながら、灯子は壮絶な絶頂へと押し流されていった。

二十分後、灯子は岳生の胸に抱かれていた。手首の縛《いまし》めも解かれたばかりだった。

「ゆっくり眠れそうか」

「ええ、あなたのおかげで疲れも吹き飛んじゃった」

囁きながら、手首に付いたベルトの痕を見た。明日も明後日も、このまま残っていて欲しい。そう思いながら、寝かしつけるような優しい動きで髪を撫でる岳生の手に、うっとりと目を閉じた。

「今度はお尻を重点的に苛めようかな」

「あん、ちょっと……いや」

穏やかな気分で油断していたところへ、岳生はまた恥ずかしい台詞を吐く。先刻の乱れ方とはうって変わって、こんな穏やかな時間に性的な台詞を吐かれると、過剰に照れてしまう灯子だった。

「楽しみだな。明日かな、それとも東京に帰ってからかな」

「んもう……やめてってば」

岳生に抱きつき、平べったい胸で貌を隠した。

「……あなた、なにか変わった？」

「なにが？」

逆に訊き返されて、言葉に詰まってしまう。

「なにがってわけじゃないけど……」

「びっくりしたんだ、縛られて」

「……ん、まぁ……」

「お尻も責められて」

「もう……そんなにはっきり言わないで。あなた、以前はそんなことしなかったじゃない」

「変わったのは灯子じゃないかな。それとも俺が気付かなかっただけかな」

「どういうこと？」

「さっき、本当に見惚れてしまった。ちょっと手首を拘束してみるだけで、一気に灯子の美しさが増すんだよ。苦しそうで、痛そうなのに、そんな灯子が可愛くて、いじらしくて堪らなくなって、もっともっと可愛がりたくなる」

「そんなの――」

「わからない？」

「私は……どんなセックスがしたいかじゃないわ。あなたと抱き合っていたいの。それが一番なの」

恥じらいながらも、散々悶え狂う自分をさらけ出した直後だからか、灯子はいつもより本音に近い言葉を発せられていた。

腕枕をしていた腕が、肩を引き寄せる。

強く抱き締められた。灯子もその背中に腕を回した。嬉しかった。いま、岳生と心が繋がっている。そう感じた。

「でも、私だって岳生に気持ち良くなってもらいたかったのに」

「いいんだよ、社長の立場だと催事への気の張り方も俺たちとは違うだろ。仕事を終えた夜くらいは気を抜けよ」

おでこを優しく撫でられる。

「ありがとう……でも仕事の疲れはいいの。実は札幌支店ね、今年一杯で閉鎖するのよ。それを販売員たちに言えないのが辛《つら》くてね」

「え」と、そこで岳生の手が止まった。「閉鎖？」

「ああ、あのね」

また訊き返された。仕事の話などいまはしたくないのだが、一応、岳生も社員だった。仕方なく説明する。

「天神店はあなたのおかげで持ち直したけど、ここは間に合わなかったのよ。今回の催事も百貨店から二百万の売上げを要求されているんだけど、到底見込めそうにないわ。せいぜい三十万あたりがいいところじゃないかしら」

「三十万で十分じゃないのか、他の同じ規模の店だってそんなもんだよ。灯子だってわかってるだろ、二百万なんて言う方がどうかしてる」

「だから、百貨店はもう少し堅実なブランドを入れたいのよ。必ず利益を上げるメーカーを。そして撤退候補の弱小店の中で、うちが最終的に切り捨てられたってこと。でもこれもチャンスよ。輸入品に頼りがちだった札幌店を閉めて『TOHKO』のオリジナル商品に力を入れる方向にしようとは、実は前から考えていたの。いまはパリ、上海、ニューヨークと三つの輸入ルートを確保しているけど、ここがなくなればニューヨークだけで十分だわ。他の支店はオリジナルだけでも十分にやっていけるし、それはあなたの力も大きい。私の夢はやっぱり『TOHKO』の作品を世に広めることだもの」

「それはわかる。でも販売員たちに言えないって？」

「ああ、それはあなたも閉店一か月前までは内緒にしていてね。あと数か月は働いてもらうのよ、やる気を削《そ》がれると困るから」

「やる気って、でも……」

なんとなく否定を匂わせたその声に、灯子はふと貌を上げた。

「なに？　あなた、文句があるの」

「文句ってわけじゃないよ。でも現場で働いている販売員たちに黙っておくなんて」

「解雇されること、知らせてあげようよ、なんて思ってるわけ？」

「だって早いうちに知っておきたいだろう。突然一か月前に閉鎖を告げられても、彼女たちは彼女たちで今後の身の振り方もあるし。なにより傷つくよ。ずっとなにも知らされないまま、自分たちは騙《だま》されていたのかって」

　整った貌に世間知らずの子供のような困惑を浮かべ、綺麗事を吐く岳生だった。

　無性な腹立たしさを灯子は覚えた。そうだ、これがこの男だった。

「――あなた、この数か月、私と仕事をしてきて、やっぱりなにも見てくれていなかったのね」

　この感覚。結婚していた頃、岳生と別れるまで抱き続けた苛立ち。

　灯子が岳生のカメオをあちらこちらに売り込み、やっとのことで仕事を取ってきても、岳生は気乗りしない仕事には曖昧《あいまい》に首を傾げるだけだった。ものをつくる男としての野心も、妻《めと》を娶った男としての責任も、岳生には放棄どころか最初から欠落していた。岳生と、ふたりの生活の為に、灯子が独りで動き回り、時に屈辱を味わいながらも取り入るべき人間に取り入っていたその努力と苦悩を、岳生が理解してくれることは一度もなかった。反応といえば、ただ悲しそうに背を向けるだけだった。安穏と椅子に寝そべりながら寄こされる、その いっぱしの悲しみに、無知と無邪気を武器として相手を否定する不遜《ふそん》さに、灯子はいまも虫唾《むしず》が走った。

ベッドから起き上がった。

「今夜はこの部屋で寝るつもりだったけど、自分の部屋に帰るわ」

「灯子——」

「いま私、猛烈に腹が立ってるの。明日、落ち着いて話しましょう」

それはかつてのような、ただ怒りにまかせての取り返しのつかない喧嘩を防ぐ為であり、明日も一緒にいられるならとのチャンスを作る為でもあった。そんな、卑屈心を受け入れての思いさえ、この男に推し量る能力はないだろう。

「わかったよ。……俺、いっつもおまえを怒らせてしまうな」

「うるさいのよ」

欲しいのは、そんな無意味な自己認識ではない。

ベッドから降りた。衣服を身に着けた。パンティを穿き、ブラジャーを着け、ストッキング、タンクトップ、スカート——。たった数歩、隣室まで廊下を歩く為にここまで時間をかけて着衣しているのに、岳生はベッドの上から無能にこちらを見つめているだけだ。肩を掴み、抱き締めて、行くなとは言ってくれない。

己を微塵も貶《おとし》めずにここまで相手を傷つけられる人間が、灯子にはもはや妬《ねた》ましかった。こんな男の為に感情をどす黒く泡立たせている自分が、殴りたいほど忌々しかった。

丸川百貨店札幌店の七階催事場。

本日から二週間にわたって開催されるジュエリー・フェアに向け、八つの店舗の販売員たちは、開店一時間前の午前九時から準備作業に追われていた。

ブランドの窓口である販売員たちは容貌の整った若い女性が多いものの、その中でも『TOHKO』の販売員は出で立ちの工夫もあり、一際精彩を放っていた。それぞれが身に着けているのは催事用に本店から支給された黒のブラウスと膝丈スカート、そこに経費の中から赤紫のギャルソンエプロンを加えたのは、美香の発案だった。

「まったく、自由な格好出来るショップだってあるのにさぁ」

「正直、エプロンはうっとうしいよね」

「うちら花屋じゃないってばね」

販売員の女の子たちの愚痴がちらほらと聴こえてくる。だが美香は聴こえない振りで黙々と展示品のチェックをしていた。

今回の催事に対しては百貨店から二百万の売上げを要求されている。本店からは輸入品よりも『TOHKO』オリジナル商品の販売に力を注ぐよう要請されている。

全国に展開している『TOHKO』ショップの中で最も売上げの低い札幌支店だった。せめてこの催事の間、ギャルソンエプロンで統一することによって手作り感を出し、客の目も惹こうと考えたのだった。

不満の声が出るのはわかっていた。しかしどうせ、いつものことだ。二年前、二十七歳で支店長に就任した時から、年上の販売員からはやっかまれ、年下のバイトたちからは遠巻きにされてきた美香だった。独りで闘うのは慣れている。

今回も空回りで終わるかもしれない。でも、出来ることはやりたい。

――ようこそいらっしゃいませ。

こんな時、美香は心の中でこの言葉を言ってみる。どんな気分の時でも明るく言えるよう、この言葉こそが自分の矜持《きょうじ》を支えるものだと、無理矢理でも口角を上げ、笑顔をつくってみる。

「あらぁ、みんな素敵！」

と、そこへ店に入ってきたのは冬木だった。

「おはようございます」

販売員たちが一斉に挨拶をする。

「そのエプロン、お洒落ね、みんな似合ってるわぁ。ただでさえうちの子は可愛い子が揃ってるのに、ますます目立っちゃって、私、とっても自慢だわぁ」

「すみません、私が勝手に決めまして」

頭を下げると、冬木は人懐っこい笑みを浮かべ、ポンと美香の肩を叩いた。

「さすが貴島さんよ、私もこれから他の支店で真似させてもらおうかしら。ほんとみんな、めんこいわぁ」

朗らかなその口調に、いままでブツクサ言っていた他の販売員たちもまんざらではない貌をし始める。

まぁ、人望とか人間的魅力というのはこういうことなのだろうと内心苦笑しつつ、美香は展示品のチェック作業に戻った。だがすぐに、昨日曖昧にされた件を再度、開店前に相談しなくてはと思い直し、冬木の方を見た時、その貌にはもう笑顔は浮かんでいなかった。会場の方へぼんやりと向けた横貌は、まるで放心しているかのようで、どこか近寄りがたい、冷ややかとさえ感じるものを漂わせていた。

そんな表情を部下の前で浮かべる無防備さがますます普段の冬木らしくなく、美香は気のせいと思うことで、改めて呼び掛けた。

「社長、あの、百貨店から言われた数字なんですけど」

と、こちらを向いた貌にはふたたび、文句のつけようのない華やかな笑顔が浮かんでいる。

「ん？　ああ」

「あなたたちは売上げなんて考えずに、誠心誠意、お客様に応対してくれれば良いの」

「でも――」

「さ、私も準備を手伝うわ。貴島さんは店づくりのセンスもほんと素敵よね。いつも感心しちゃう」

普段なら励まされる台詞が、今日は妙に上滑りして耳に響いた。

だがそれ以上、会話を畳みかけることの出来る空気ではなかった。そんな拒絶めいた印象を相手に与えるのも、美香の知っている冬木ではなかった。


その日の深夜、美香は冬木と瀬能の泊っているホテルのロビーにいた。

札幌市内では一番大きなホテルだった。美香も親戚の結婚式で一度だけ入ったことがある。宿泊費がどれほどのものかも知っている。この催事で彼らの出張滞在費がペイ出来るわけがなかった。

不自然さを覚えつつ、しかし経費の流れと利益との関係は美香の立場ではわからないことだった。目の前の採算よりも面子《メンツ》を重んじることが社長という立場の人間の役務であるかもしれなかった。であれば札幌支店への出張はまだ、未来を見据えてのものなのかもしれない。そんな勝手に湧いてくる希望的観測を抑えてロビーを横切り、エレベーターに乗った。これ以上、答えの出ない想像の暴走を止めたくて、ここへ来たのだ。

十二階を押す。つい先刻終わった催事の前打ち上げで、「へえ、○○ホテルにお泊りですか。夜景も綺麗でしょうね。何階の部屋なんですか」と訊いた美香に、冬木が屈託なく「十二階よ、右側に藻岩山《もいわやま》が見えるの。藻岩山には学生時代にスキーに来たことがあるのよ」と答えたのだった。

右側に藻岩山が見えるということは、南側の部屋だ。なんとなく見当をつけて廊下を歩く。もちろん部屋番号までは知らない。だから直接ホテルまで来てから冬木のケータイに電話するつもりだった。すでに部屋の近くにいるのだと、どうしても直に会って話をしたいのだとの意思を示す為だった。

開店前にちらりと見せた冬木の隠微な表情。催事中も前打ち上げの最中も、これまでのように具体的な数字や指示を厳しく示すことはなかった。それらが無性に美香の心をざわつかせた。

不況の昨今、百貨店内の他の店には、撤退していくものも多い。販売員同士の噂で、次はどこの店が危ないなどという話も出ている。その中には、美香が支店長を務める『TOHKO』もあった。

杞憂《きゆう》なら杞憂で良い。はっきりとしたことを聞きたいだけだ。美香には支店長として、この催事に懸ける思いがある。なんの憂いもなく自分の仕事に集中したかった。たとえ冬木から最悪の言葉を聞いたとしても、それならそれで自分のやるべき仕事を最後まで全うしたかった。最も重要なことを知らされないまま、駒のひとつとして動かされ、状況にふさわしい努力も出来ずに終わるなんて、死ぬまで悔いが残る。

十二階、南側の廊下に立ち、ケータイを取り出した。

その時ふと、どこかの部屋から女性の怒鳴り声が聴こえた気がした。シンと静まるホテルの廊下で、その声は立て続けになにかを叫んでいた。

思わずそちらの方へ近づいて行ったのは、それが冬木の声とわかったからではない。感情を剝き出しに叫ぶ女の声と、上品で闊達《かったつ》な冬木が即座に一致するわけはなかった。ただ、なんだろうと耳を澄ませた時、そこに《岳生》という、瀬能の下の名を聴いたのだった。

――あなたみたいにお気楽に生きていた人に、ここまで会社を築いてきた私の努力がわかるわけないわよ！　私が今日一日、平気でニコニコしていたと思っているのっ！

普段の冬木からは想像出来ない、泣き声混じりの悲鳴だった。嘘……と、廊下で口に手を当て、しかし聴けば聴くほど冬木の声に間違いない。

となると、怒鳴っている相手は確実に瀬能だろう。瀬能はなにかを答えているが、こちらはボソボソとよく聴き取れない。

冬木の悲鳴はさらに続いた。

――あなたなんか、札幌店と心中しちゃえばいいのよ！

心中――

その不穏な言葉に、数秒間、美香は廊下に立ちすくんだ。それから小さく、首を頷かせた。合点がいった。ああ、やっぱりそうか。

クスッと、捨て鉢に笑いそうにさえなった時、部屋の向こうで靴音がした。ドアに向かって近付いてくる。

急いでその場から離れた。しかしホテルの廊下だ。どこにも隠れる場所はない。うろたえる美香の背後で、ドアが乱暴に開いた。出てきたのは冬木ひとりだった。

幸い冬木は美香の立っている場所とは逆方向に向かい、出て来た部屋の隣りのドアを開け、入って行った。美香どころか周りのなにも目に入らないような取り乱した感じだった。廊下に出た途端、美貌がくしゃっと歪んだのが見えた。

ああ、そうか。

ふたつの絶望が、いま美香に降りていた。もう一度頷いて、意識的に溜息を吐いた。なにを避けていたんだろう。なんでわからない振りをしていたんだろう。はんかくさい

――


ふたたびドアが開いた。あっと思う間もなく、出てきた瀬能と目が合ってしまった。

「――貴島さん……」

「すみません、私……」

勘弁してよ、と思う。これも見てはいけないものだった。穏やかな微笑しか見たことのなかった瀬能はいま、憔悴《しょうすい》しきった、なにかに打ちのめされた男の表情を浮かべていた。

「――どうしたんですか、こんな遅くに」

と、声だけは、深夜、自分たちの泊っているホテルの部屋の前にいる美香を訝《いぶか》しむ風でもなく、いつも通りの静かなものだった。

「……社長に伺いたいことがあって……でも……」

もう、いいです……と、頭を下げた。せめて瀬能の前では毅然としていたかった。だが言葉尻が太くなり、揺れて声にならない。目と鼻の奥が熱くなる。

「良かったらどうぞ」

と、瀬能が言った。

「え……？」

貌を上げると、ドアが少し大きく開かれていた。

「社長の代わりにはなれませんが、なにかお訊きになりたいことがあれば、僕で良ければ聴きます」

「――はい」

瀬能もわかっているのだ。いまの会話を聴かれたことを。なにを確かめたくて美香がここへ来たかを。

だけど、嘘つき――偽善者――いま、冬木を追いかけようとしてドアを開けたくせに――私の相手をするよりも、いますぐ隣りの部屋のドアを叩きたいくせに――

ここにいるべきではない自分だった。

だが瀬能はドアを開けたまま待っていた。

最後なのだ、この人と仕事出来るのも。こうして間近でこの貌を見るのも――

その思いが、美香に足を踏み出させた。

「お邪魔します」

部屋に入るといきなり、ビール缶が床に転がっていた。冬木がぶちまけたのだろう。中身が零れて絨毯に点々と沁みをつくっている。瀬能がそれを拾い、棚に置いて、冷蔵庫から新しい缶を出す。

「やっぱり狸ですね、冬木さんて」

ビールを受け取って、美香はソファに座った。自分から喋り出したのは、相手に気を遣わせたくないからだった。

瀬能は無表情にベッドに座り、自分の缶ビールを開けるでもなく、ぼんやりと手に持ったままでいた。そんな端正さを失った瀬能も、美香は今夜、初めて見た。

プルトップを開けて、ひと口呷《あお》った。それから一気に喋った。

「瀬能さんと社長の関係、なんとなく察してはいたけど、まさか同じ部屋に泊るまでとは想像していなかったです。いい歳して勝手な願望が強すぎて、現実を把握しきれていなかったんですね。恋愛だけでなく仕事までそう。二百万だエプロンだなんだって独りでけっぱって、結局空回りで終わっちゃった」

喋り切って、ビールをまたひと口呑み、「あはは」と笑った。

瀬能の方は、「――え」と、いつになく呑み込みの悪い表情でこちらを見つめている。

その呆け顔を見て今度こそ、心底吹き出した。

この瀬能を腑抜《ふぬ》けにさせるほどショックを与えることの出来る冬木。自分たち従業員の解雇を黙っておきながら、昨日も今日も艶やかな笑顔を振りまいて周囲を魅了していた冬木。

嫉妬が渦巻くほどのエネルギーは、いまはなかった。

「訊きたいこと、聴いてくれるっておっしゃいましたよね」

机にビールを置き、言った。

「私を、どう思いますか」

「あなたは——」

相も変わらず、脳味噌に錘《おもり》がついたような瀬能の反応だった。

「——美しい女性です。僕がいままで出会った中でも、本当に……」

「そんなのわかってます」

腑抜け面の瀬能を前に、美香の声が刺を生やしていく。

「瀬能さん、四月にもうちの催事にいらしたでしょう。その時からずっと、次に会える日を心待ちにしていました。あなたの存在が私の心をときめかせてくれました。でもこれからは、それもなくなるんですね。札幌支店は潰れるんですから。そうですよね」

ざぱーんと波打つ知床岬を前にした心境だった。だが、

「あなたの店は、僕がなんとかします。僕が立ち直らせてみせます」

ちょろちょろと岩陰から水漏れしたようなその答えに、ああ、と天を仰ぎたくなった。

同時に、冬木の憤りと苦しみが少しわかった気がした。相手の決死の告白を器用に誤魔化

せる男なら、まだ会話も通じるものを。

この男の欠落に嵌り込み、響かない虚《うつろ》の太鼓を叩き続けている冬木の苦悶が見える。自分ではどうすることも出来ないひとりの男の前で、時に懊悩《おうのう》し、時に感情を爆発させるしかない女。どれだけ怒りをぶちまけても相手の心に沁み込んではいかず、怒りは発生した場所に沈殿し続け、心を毒色に染め続けるしかない。

なにもかも持っているような冬木だったが、地獄を抱えていない人間など、ひとりもいないということだった。

そう納得してみせつつ、でもきっと、たとえ響かなくとも、虚の太鼓をがむしゃらに叩き続けるのが冬木なのだ。

「ねえ、瀬能さん」

「はい」

「私を抱きませんか」

あっさりと言った。

冬木を絶望させる瀬能の欠落は、駄目で元々の美香には開き直りを与えた。どうせ響かないのなら、太鼓までいかずともカスタネットくらいは叩いてみようと思わせてくれた。そして言った途端、肩から力が抜けた。面白いように抜けた。もう調子に乗って良いかと思った。

「――え？」

「今夜は社長を抱く予定だったのに、うちの支店のいざこざでおじゃんになったんでしょう。だったら私を抱きませんか」

「貴島さん、なにを……」

「ヤケになってるわけじゃないわ。いえ、なってるのかな。いや、なってもいいか」

ひとり言のように言いながら、ベッドに座ったまま、呆けた貌でこちらを眺めている瀬能に近づいた。

手を伸ばし、相手のスーツの襟を摑んだ。肩から降ろした。

瀬能はさすがに眉根を寄せ、美香を止めようかと迷っている風だった。

拒絶されないうちにネクタイを外しにかかった。続いてワイシャツのボタンを外していく。

「貴島さ……」

「こんな時、女は得ですね。遠慮なく迫っていけるもの」

「ヤケは、いけません」

「ヤケでしたいんです、ヤケにさせた相手と」

ワイシャツのボタンを全部外した。そのままスラックスのベルトを外した。瀬能が悩んでいる間に核心に辿り着いてやる。

ファスナーを降ろした。開いた隙間から、膨らみに手を潜り込ませた。そっと掌を這わせる。まだあまり大きくない。でも掌がその輪郭を、しっかりと捕えている。

そのまま下へ移動し、ふっくらとした陰袋を摩ってみる。そっと掬い上げ、五本の指でやんわりと揉み込んで、陰袋と後門の間の道へ指先を伸ばす。

「はぁ……」

瀬能の唇から、長い吐息が漏れた。

「気持ちいいですか」

見上げると、瀬能は頷くようにおでこをくっつけた。

美香も掌の膨らみを撫でているだけで、いつしか呼吸が速くなっていた。

ぎゅっと根元を摑んだ。胴幹はだんだん、太くこわばっていく。やがて簡単に指が回せないほどとなった硬直に、直に触りたくて堪らなくなった。

「脱いで、瀬能さん」

半ば無理矢理、瀬能を立たせた。スラックスと下着を引き降ろした。

トランクスのゴムに引っかかって、ぶるんと、それは勢い良く首を上げた。

「あ……」

自分から誘ったくせに、その光景に、美香は一瞬おののいた。

何度か想像してきた瀬能の核心が、いま目の前にあった。想像以上だった。丸く大きな肉傘を開いた逞しい肉幹が、引力に逆らって斜め上を向き、一個の生き物のように存在を主張している。

「……凄い……」

「そんなに見ないで下さい、恥ずかしいです」

「だって、見ているうちにまた大きくなって……」

「言葉にされるのも恥ずかしいです……」

「……男の人のものって本当に不思議。こんなにカチカチに膨らんで重たそうなのに、きりっと上を向くんだもの」

つんつんと先端を軽く突いてみた。すると、ぶるっと胴幹が揺れて、でもその角度は強固に維持している。

「その目のせいですよ」

はにかむように瀬能が言う。

「目？」

「ええ……初めて会った時、なんて瞳の美しい女性だろうと思いました。いまは……貴島さんのその強い目に見られるだけで、僕のここは石にされるようです」

「石だなんて」

メデューサは目が合った者を石にする。いままで自分に付けられたその綽名は、鼻で笑《わら》って流すものだった。石でも邪魔だ、どいつもこいつも砕けて消え失《う》せてしまえと思っていた。

しかしいまは心を込めて、そそり立った瀬能のペニスを握り締めた。

驚いた。本当に石のようだった。

硬く膨らんだ根元から先端へ、ゆっくりと撫で上げた。

瀬能は気持ち良さそうに「ん……」と喉を鳴らす。その声が嬉しい。

「もう少し、触っていていいですか」

しっかりと幹の根を握って、しかしそこから美香は困ってしまった。

いままで三人程度の経験はあるが、どの男とも奉仕されるセックスしかしてこなかった美香は、自分から男性を愛撫するのも、ましてや口で悦ばせるなど、一度もしたことがないのだった。これをどうすれば良いのだろう。どうすれば瀬能を悦ばせることが出来るのだろう。

手の中の塊を握り締めたまま、しばし体が固まってしまう。

「無理しないで下さい」

美香の困惑を察して、瀬能の腕がベッドに引き上げようとした。

「違うんです」

首を振る。

「私、こんなことしたことなくて……下手だと思います。どうしたら良いのか言って下さい」

意外な貌をされるかと思ったが、瀬能は優しい笑みを返した。

「僕はいま、貴島さんに温かくなってもらいたい気持ちです。貴島さんは、僕で温かくなってもらえたら嬉しいです」

「温かく……ですか？」

掌からはみ出した雄々しい肉の塊を、改めて見た。

マッシュルーム状の先端部がぷっくらと真ん中の筋で割れ、その割れ目から透明の液が滲んでいる。

素直に浮かんだのは、美味しそうだな、という思いだった。例えば甘いものが食べたい時にチョコレートを出されたような心境に似ているかもしれない。美味しそうなものは自然と口に入れたくなる。味わってみたくなる。

舌を伸ばした。小さな割れ目を、つ——と、なぞった。舌を離すと、透明の糸が引いた。

おもしろいな——舐めながら瀬能を見上げた。瀬能も美香を見ていた。

あむ、と口を開いた。丸く大きな傘を開いたマッシュルームがちゅるんと唇を通り、口腔いっぱいに入ってきた。

張り詰めた薄膚はぬるぬると、少し甘酸っぱい味がする。柑橘《かんきつ》果物の酸っぱさではない。血液や涙と同じ、ちょっと肉の甘味を含んだ酸っぱさだった。

貌を動かし、つるつるとした薄膚の感触を上顎で楽しみながら、舌先は筋の上をれろれろと行ったり来たりする。たまに軽く裂け目に潜り込み、そのまま浅い縁でくるくる小さく踊る。

「んん……」

唇からはいつの間にか唾液が溢れて、肉幹を垂れ落ちている。根元を支えている指まで濡れて、その状態で上下に動かすと、剛直を包む滑った皮膚を、指の腹でスムーズに擦ることが出来る。

口をさらに大きく広げ、肉頭を喉まで埋めた。この肉塊を、もっと自分の唾液に塗れさせたかった。入りきらない半分ほどは、もう一方の手を添えて支えた。

まるで茶器を扱うような淑やかな姿でありながら、美香の美貌は限界まで唇を開き、唇の周囲、頬、顎をぬらぬらと滑り輝かせ、淫猥に歪みきっていた。

「いままでこうした経験がないなんて信じられないです。すごく気持ちいい……」

頭や肩を撫でる手の力から、瀬能が感じてくれていることが伝わってくる。

「私も……」

いったん口から外し、笑った。

「信じられないです。こんなに美味しくて楽しいこと、どうしていままでしなかったのかしら」

「貴島さんは、人を喜ばせることが好きなんですね」

「私が？　まさか。無愛想だし他人から嫌われやすいの、自分でも知っています。とても人を喜ばせることの出来る人間じゃないです」

「他人の気持ちを感じ取れるからこそ、逆にあなたのように人の目を浴びやすい女性は、過剰に自分を守らなければならない場面もあるのでしょう。でも、貴島さんならではの美しいものを誰かに授け、その人を幸せにする仕事は、あなたにとって天職なんですよ」

「んん」

肉幹を三分の一ほど口に入れて、小さく首を振った。すると歯茎の裏側で、張り詰めたマッシュルームの皮膚が、ぷよ、とへっこんだ。掌で握っている胴幹はどれだけ力を入れても撥《は》ね返してくるほど強靭なのに、その鋼のような芯が纏っているのがこんなにも繊細な薄膚というのが不思議だ。

「仕事のことはいいです。いまは瀬能さんに感じてもらいたいだけです」

舌を伸ばし、傘と幹の間の溝をゆっくりとなぞる。なぞりながら、瀬能が反応を寄こしてくれる場所を探る。

真っ直ぐ盛り上がった裏筋の道をちろちろとくすぐると、ある箇所で、ペニス全体がまたピクンと震えた。

「ん……」

「……ここですか」

傘肉の溝と裏筋の合わせ目を、舌先で軽く転がしてみる。肉棒全体が震えると共に、掠れた声が甘く吐かれる。

「ん……気持ちいいです……」

「嬉しい」

舌先で、敏感な一点をくすぐり続ける。そうしながら、根元を握り締めた手を上下し始めた。掌で、肉幹はこれ以上ないくらい太く張り裂けそうになっていた。

まん丸の先首を喉の奥まで呑み込み、上顎と舌で挟み込む。そのまま首を動かして唇と口腔の粘膜で擦り始めた。と、それだけのつもりが自然と頬に力が入り、吸い込むような形となる。そのたびにジュルッ、ビシュッと、卑猥な音が漏れてしまう。

自分の口がこんなにいやらしい音を鳴らしているのかと、その音が自身を酔わせ、さらに激しく手と首を突き動かせる。

勢い余って喉の一番奥まで呑み込んだ瞬間、苦しく込み上げるものがあった。だが瀬能はその時、最も鋭く気持ち良さそうな反応をくれるのだった。

「んっ……」

「ん……ん……」

ジュボ──ジュルルッ──唾液を卑猥に響かせながら、空気と瀬能の匂いを深く吸い込み、ふたたび息を止めて、喉の一番奥まで先端を押し込める。

「ぐっ……ぐほっ……」

「ああ、貴島さん……」

やるせない呻きが自分の名を呼ぶ。

「いいですよ、無理しないで……」

相手を案じ、わずかに引こうとする腰が、なおさら美香を誘い込む。口の中の塊が逃げないよう、左手を背中に回し、硬い筋肉を摑んだ。そうしながら右手に一層力を込め、肉幹を上下に擦り続ける。

「あぁ……あ……」

頭のすぐ上で漏れてくる低い喘ぎが、可愛く思えてならない。

喉の奥を懸命に押し開く。太い先端が口蓋垂に当たる。息が詰まり、肺が痙攣しそうなほど苦しい。なのに、だんだん違う感覚も芽生えてくる。粘膜という粘膜は全て官能の神経を秘めているものなのかもしれない。この動きを止められない。唇からも手からも、いやらしい粘着音がますます大きく速度を上げて響いている。

「あ、あ、いきそう……です……」

瀬能の上半身がぶるっと震えた。掌で掴む尻の筋肉が、硬くこわばっていく。

唾液にまみれた手と貌と舌をひたすら動かし続け、美香は応える。

ジュボッ、ジュボッ——

「あぁ、あぁ、あ……」

顎が疲労し、感覚が麻痺している。腕の疲労も限界に近い。それでも力を振り絞ってしっかりと肉幹を握り締める。皮膚越しに摩り続ける肉芯が、唇と舌の動きに合わせて、逞しく息づいている。美香の動きと瀬能の肉体が同じ律動で、同じ果てを目指している。

「いき……ます……!」

「ん、ん……!」

直後、口の中にピュッと生温かいものが飛び込んできた。味を確かめる余裕はなかった。ただ鼻から抜ける青臭さを感じた。

でも、ああ、また……。何度も何度もピュッ、トロッと、体温よりも温度の高い粘液が噴出してくる。

　疲弊しきった唇に最後の力を込め、肉幹に密着させた。口腔に放たれたものを零さないよう、慎重に唇を這い上らせる。そうしてマッシュルームの先端と唇の先を繋がらせたまま、コクンと、口の中の粘液を呑み込んだ。

「貴島さん……」

　ハァ——と、深い息を吐いて、瀬能の肉体から力が抜けていく。

　だが、先っぽの割れ目をちゅっと吸うと、まだわずかに精の味がし、瀬能も「ん……」と応えてくれるのだった。

「気持ち良かったです……」

　両手で美香の頬や顎の唾液を拭い、瀬能が初めて唇へのキスを寄こした。

「生まれて初めて……私も良かった。なんだかもの凄い達成感です。激しいスポーツをした後みたい」

「はは、達成感たっぷりの貴島さんも綺麗です」

　微笑みながら、瀬能が美香をベッドに引き上げる。

「今日はいろんな貴島さんの貌を見られたな」

「私も、可愛い瀬能さんを見ました」

ベッドの上で抱き合った。互いに笑っていた。笑いながら、瀬能の唇が頬や首筋、耳元へ降りてきた。その心地好さに目を閉じると、温かな手がシャツの裾から忍び込み、直に肌をなぞった。

ゆっくりと這い上がる手の動きに合わせて、肉体がじんわりと熱くなってくる。

「いいんですか」

「なにが」

「隣りの部屋に社長がいますよ。私、大きな声出しちゃいますよ」

「あなたは好きに、自由にして下さい」

胸の膨らみをにじり上る指先を感じながら、美香はくすっと笑った。

ここで自分がどんな声を出そうが、それが問題になるような冬木と瀬能ではないのだ。自分以外の人間と寝た寝ないにこだわる健全さなど、とうに失っているふたりなのだ。

そのどうしようもない繋がりが、美香には羨ましかった。

「嘘よ、大声なんて出さないわ。だから瀬能さんこそ好きにして、私を」

身をよじり、瀬能に肉体の正面を向けた。

男と女はわかり合えないからこそ救いもあるのかもしれない。瀬能が冬木の心情を推し量れないように、美香にも瀬能の本心はわからない。だから今夜、こうして素直になれたことに虚しさはない筈だ。

　シャツが胸までめくられた。ブラジャーに覆われた、ふっくらとした丸みが、愛しい人の手に包まれた。

「今夜、あなたの為の私になってみたい」

　そう思えた、こんなひとときがあるだけで、これからも生きていける。

「じゃあ、その目でもう一度、僕を石にして下さい」

「私、自分の目が、本当は好きなの」

「綺麗です、あなたは」

　ふたりは見つめ合って、少し淋しく微笑んだ。


「店長、このエプロン、素敵ですね」

「だろう、きみ、スタイル良いし、とても似合ってる。あ、あのテーブルナプキン、ちょっと曲がってるね。直してもらっていいかな」

「はい」

　キュッと辛子色のエプロンのリボンを結び、美香はセッティングしたばかりのテーブルに駆け戻った。

オープンしたてのアジアンレストランでアルバイトを始めて一か月。皿洗い続きの手は荒れ、屈んだ腰もピキッと鳴るようだ。肉体的な苦労もあるが、同年齢の店長に敬語を遣うのも、最初のうちはプライドが傷ついた。

だが仕方ない。自分はまかされていた店を潰した。潰したのなら新たな仕事を探すしかなかった。たとえアルバイトでも、当面雇ってもらえるだけ有難かった。

むろん有難いと思える時ばかりではない。支店長の頃には経験しなかった理不尽で屈辱的な出来事もあれば、不慣れな作業に器用に対応出来ない自分が情けなくなる時もある。しかし一時の感傷を抑え、手の痛みを堪え、体を動かしていれば、笑顔の訪れる時もある。

自分は意外と、接客業が好きなのかも。

カメオの髪留めを後ろ手で直しながら、美香はそんな発見を呟いてみる。

「それでさ、貴島さん」

カウンターの向こうから店長が呼んでいる。

「はい」

「いやね、ここから歩いて十分くらいのところに、アジアンテイストの料理を出す店が出来たんだよ。向こうはトルコ系が主なんで、うちとは趣が違うんだけど。でもさ、一回行ってみなきゃと思って。次の定休日あたり、一緒にどう？」

「ええ、行きましょう」

敵情視察だ。この店まで潰れさせるわけにはいかない。

それにこの店長の根性話も、先日聴いたばかりだった。なんでも高校を中退して二十代前半までタイやベトナムを放浪し、日本に帰って一念発起、七年間爪に火を灯して工事現場の作業員のアルバイトで資金を稼ぎ、それでも足りないのであちらこちらを駆けずり回ってかなりの借金をして、この店を立ち上げたとのことだった。

ある日いきなりタイだのベトナムだのへ行く突飛さや七年間の肉体労働にも心を打たれるが、借金出来るのも能力というか人柄というか、ともかく、そういった気概は存分に応援したい。

「いい？　あの、それでさ」

店長はにわかに身を乗り出してくる。

「ついでにだけど、常連さんから映画のチケットを貰ったんだよ。二枚あってね、貴島さん、アクションものって好き？」

「ええ、おもしろければ」

「おもしろいと思うんだよ。いや、あのさ、ほんと良かったらなんだよ、いや、えっと、時間が合わなければチケットあげるから、ああもちろん、二枚とも。でもね、ほんと良かったらで――」

――云々《うんぬん》と、仕事人としての気概はあるものの、私人としては喋れば喋るほど深みに嵌り、墓穴を掘る店長だった。

「ご一緒します。映画館で映画観るなんて久しぶりですし」

「えっ、本当っ！」

と、カウンターに乗り出しすぎて、天井から釣り下がるランプにゴツンと額をぶつけている。あぁあ、ただでさえ早くも後退し始めているおでこなのに、大切にしないと――。

美香の口元が、自然とほころぶ。

そこへ、キィーッと耳心地のよい音を響かせて、木製の扉が開いた。

「すみません、四人なんですけどいいですか」

今日一番のお客さんだ。三十代くらいのご夫婦と、楽しそうにはしゃいでいる小学生くらいの男の子と女の子。

背筋を伸ばした。おでこをさすっている店長と、同時に応えた。

「ようこそいらっしゃいませ」

第五章　白い指

赤ん坊の頃から、男に間違われてばかりの人生だった。産後検診では看護師から「悠《ゆう》くん」と呼ばれ、少し大きくなれば近所のおじちゃんから機関車のおもちゃをプレゼントされ、おばちゃんからは男の子のお下がりをもらった。六歳で小学校の制服のスカートを穿いた時、周囲のほとんどが「え、女の子だったの」と驚いたものだった。

そんな悠を「可愛い」と言ってくれたのは、死んだおばあちゃんだけだった。「色が白いは七難隠す。あんたの肌はほんま雪のように真っ白や。二十歳を過ぎたらどえらいべっぴんさんになるで」

おばあちゃんには悪いが、二十四歳のいまでもミナミを歩けばポン引きに声を掛けられ、女子トイレに入れば罪もないおばちゃんをビックリさせる。いちいち「あ、間違ってませんから」と言うのもおっくうで、今日も悠は勤め先の百貨店のスタッフ用男子トイレに入っていた。そもそも男は用を足すのが速いし、女ほど周りの同性をいちいち見たりしない。さっさと用を済ませれば良いことで、個室に入り、すっきりとし、バタンとドアを開けた。

さっき朝顔の前にいたおじさんももう出たようで、洗面台の前には誰もいなかった。

欠伸《あくび》が出た。伸びをした。ガランとした男子トイレの鏡に、背筋を大きくそらせる高本悠のスレンダーな肢体が映った。

「ん〜」

百七十四センチの長身。しなやかなラインを描く腰。好んで着るブラックジーンズの脚の長さが、颯爽《さっそう》たる存在感を引き立たせている。

だが勢い良く蛇口をひねり、バシャバシャとノーメイクの貌を洗う豪快な水飛沫《みずしぶき》が、せっかくの美景を掻き消してしまう。

おばあちゃんの言葉は的確ではなかった。実際には二十歳を待つまでもなく、七難どころか一難を探すことも困難な、恵まれた容貌を持つ悠だった。

きめ細かな艶肌とすっと通った鼻筋は、女性であってこそのたおやかさを備えていた。凜々《りり》しく整った眉も切れ長の目も、ピンク色に透き通る頬も、それらの不幸は己が瑞々《みずみず》しく湛える美を、肝心の持ち主にまったく気付かれないことだった。男扱いされることに慣れきった悠は、我が身がせっせと健気《けなげ》に蓄えてきた美に頓着したことはなく、いまも洗面台で大雑把に顔を洗い、ガラガラとうがいをし、流麗なうなじを惜しげもなく晒した短髪を、水道水で無造作にワシャワシャと整えるのだった。

ひと通りの用を済ませ、トイレから出て行きかけた時、入れ違いに男がひとり入ってきた。

ふいにポタッとなにかが落ちる。ん？　と足元を見てギョッとした。血だった。ふたたび男を見た。男の左手は血塗れで、受け皿となった右手から、真っ赤な鮮血がポタポタと滴り落ちている。

「大丈夫ですか！」

すぐさま男を洗面台に誘導し、水道の栓をひねった。

「すみません」と恐縮しつつ、男は蛇口から出る水に両手を浸す。

白い陶器の上で流れる水が、一気に深紅色の渦を巻いた。

男は傷口が沁みるのか、わずかに貌をしかめている。けっこう渋い貌立ちの、あまり見かけたことのないおじさんだった。

いったん個室に入り、トイレットペーパーをぐるぐると巻き出し、束にして男に渡した。

「これで傷口を押さえて、そのまま待っていて」

それからスタッフ用の売店まで走って、ガーゼと絆創膏を買った。

買ったら急いで男子トイレに戻った。

と、男は最後に見た時と同じ体勢で、悠の渡したトイレットペーパーで手を押さえていた。

「そのまま待っていて」と言ったのは自分だが、例えばペーパーを取り替えるとか血を洗い流すとか、少しは工夫出来そうなものだ。なのに言われた通りに待っている相手の姿に、律義さというか、融通の利かなさを感じ、悠は思わず笑ってしまった。

「え、なんですか」

「いや、あなたに似た友人を思い出して——どうです、血は止まりましたか」

「さあ……」

「見せて下さい」

左手を受け取り、血塗れのペーパーをそっと開いた。傷口は中指の腹と薬指の腹、二か所にあった。見たところ、なにか鋭い刃物で切ったようだ。

男の方は自分の手だというのに、傷口から貌をそむけ、見ないようにしている。

子供じゃないんだからと、また少しおかしくなったが、男というものは血に弱いとも聞く。なにしろ男子トイレには汚物入れがないのだ。毎月タンポンやナプキンにたんまり浸み込んだ経血を当たり前に処理する女とは、根本的に血への感覚が違うのだろう。もし誰かに刺されて出血しても「なんじゃこりゃ〜」でショック死するのは男だけで、女ならもう少しきびと冷静に対処出来る筈だ。

「血はだいぶ止まってますね。まずはガーゼでしばらく押さえて。落ち着いたら絆創膏を貼りましょう」

「すみません、こんなことまでして頂いて」

手際良く処置する悠に、男が申し訳なさそうに謝っている。

「いいんです、もう帰るところだったし」

「どこのお店の方ですか」

「七階の書店です」

「僕は九階の催事で来たばかりなんですが、この百貨店のスタッフ用トイレは男女共用なんですね」

「はあ。あ、え？」

本来なら、今度は悠の方が恐縮する番だった。が、それよりもまず驚いてしまった。

「わかったんですか、私が女だって」

「そりゃ、わかりますよ」

男の方も意外そうな声を出す。

「へぇ、私、初対面の人に女と認識されること滅多にないんで。いつも女子トイレにいる方がびっくりされるんですよ」

「ああ、僕の場合はあなたの指を最初に見たからかな。よくシラウオのようなと言いますが、あなたの指は本当に色が白くて形が良くて、美しい」

「ああ、これね」

男の言葉に、悠は自分の手を見、鼻で笑った。男に間違われてばかりの自分が、手だけは並外れて女らしくキレイなどと、逆にみっともないこと極まりない。己の肉体に頓着しない悠だが、この手にだけはコンプレックスを抱いていた。

「でもあなたはお貌も佇まいも女性らしく美しいですよ。あなたを見て男だと間違える人が理解《わか》らない」

「はは、じゃあ今度、私の友人を紹介しますよ。こいつがもうピカ一の……あ」

ハッとした。腕時計を見た。「やばっ」

「どなたかと待ち合わせでしたか」

「ええ、私、もう行きます」

「あ、絆創膏の代金」

「いいです、お大事に」

男との挨拶もそこそこに、トイレを飛び出した。

「悠、こっち、こっち」

エレベーターが開いた途端、栗色の巻き毛をふわふわとなびかせて、桃香が駆け寄ってきた。

「ごめん、ごめん」

と、遅れたことを詫《わ》びる悠の腕に、桃香はノースリーブの腕を絡ませ、じゃれついてくる。

「お腹空いたよぅ、早く入ろう」

「予約しといたから、先に席に着いてて良かったのに」

「いやぁん、ビアガーデンの入り方ってわからないし、最初から悠と一緒がいいもん」

いつもながら、傍目《はため》にはカップルとしか見えないだろうふたりだった。

悠の勤めている急神百貨店の屋上だった。中秋の名月を挟んだ二週間、観月ビアガーデンが開催されていることを知った桃香が、一度行ってみたいと誘ってきたのだ。

「ねえ、大ジョッキいっちゃうよね。あとはジンギスカンでしょう。ビアガーデンらしく唐揚げとかポテトフライも食べたいな」

ビアガーデン初体験の桃香は、数日前からなにを食べるかをあれこれ考えてはワクワクしている。

「それよりあんた、そんな腕出して寒くないの？　ほら、肌が冷たいよ」

「う、実はちょっと寒い」

「もう、冷え性のくせに」

鞄からジャケットを取り出し、肩にかけてやった。

「えへへ、悠のこの黒いジャケット、好き」

撫で肩に男物の大きなジャケットを掛けて、桃香はチョコンと仔リスのような風情で肩をすくめる。

互いに大阪市内の同じ町で生まれ育った幼馴染みだった。通ったのも小学校から大学まで、ずっと同じ私立の女子校だ。

一緒に暮らすようになったのは大学に上がる年だった。早くに母を亡くした悠の父親が再婚することになり、だったら邪魔するわけにはいかないと、実家を出ることにしたのだった。するとと自分もひとり暮らしをしてみたかった桃香がそのことを父親にねだり、箱入り娘を外に出すことに反対だった父親は、悠と一緒ならとの条件で許したのだった。

悠としては勝手に保護者役を担わされたようなものだが、別段その時に始まったことでもなかった。幼い頃から悠は桃香の守り役のようなものだった。

女子校特有の気風もあったのだろう。スポーツが得意で長身の悠は上級生からは可愛がられ、同級生や下級生からは慕われる存在だった。

一方、桃香は誰よりも愛らしい、花のような女の子だ。甘ったれで我儘な面もあるが、これほど素直で正直な奴もいない。だが愛らしく素直すぎるが故に、時折つまらない人間関係でつまずいたり、くだらない嫉妬の対象にされたりする。そのたびに傷ついては泣いている桃香を見ていられず、悠が助けることになるのだが、それは悠にとって物心ついた頃からの役割であり、また愛くるしい貌に泣きべそをかいた桃香に「悠〜」と甘えられるのは、少し誇らしいような、心をくすぐられるようなでもあった。

いまもふんわりとした猫っ毛を指先でくるくるとさせ、楽しげに初ビアガーデンの客席を眺め回す桃香を、付近の客やスタッフたちがちらちらと視線を寄こしている。当然だ。フランス人形のようにあどけなく愛くるしい貌立ちも、ほっそりとした腕も腰つきもなにもかも、女の子なら誰もが欲しがるものを桃香はすべて持っている。

「わあ、呑み放題のジンギスカンコースを頼むと、男性が三千五百円、女性が三千円なんだって。悠、また男性料金を請求されちゃったりして」

「いいよ、受付でごちゃごちゃするの面倒だし、料金分呑むから」

「悠ってやっぱり男前〜」

そう言われるのも、桃香からならまんざらでもなかった。

「男前ですねぇ」

黒服の店員が、ショーケースの指輪を指した悠に大袈裟な声を上げた。

「このスクエアカットのアメジスト、吸い込まれそうな透明感でしょう。こんなに大粒で良質のものはなかなか手に入らないんですよ。だからこその、このお値段なんです」

「いや、まだ買うと決めたわけじゃないんで」

ゼロが五つ付いた値札に、悠はクシャクシャと頭を掻いた。財布の中身と相談しつつ、しかしいっちょ奮発してやりたい気もする。

今日は桃香の誕生日だった。ちょうどいま悠の勤めている百貨店の九階で、ジュエリー・フェアが催されている。そこで宝石の好きな桃香の為に、なにかプレゼント出来そうなものはないかと探しに来たのだった。

「彼女さんへのプレゼントですか。それならサービスさせて頂きますよ」

「はは、どうも」

アメジストは桃香の一番好きな宝石だが、もう少し他の店も回ろうと会場を見渡した時、ふいに見憶えのある貌と目が合った。

あれは確か——一週間ほど前、男子トイレで指を怪我していたおじさんだ。そういえば九階の催事で来ていると言ってたっけ。

「すみません、また後で来ます」

お約束の台詞を吐いて、悠は男のいるショップに近付いて行った。

「またお会いしましたね」

男は白い粉の付着したエプロンをかけ、椅子に座っていた。両手には彫刻刀と、先端になにかを付けた木の棒を持っている。ジュエリーの催事には客の前でパフォーマンスをする彫金師やスタイリストもよく現れるが、この男もその類《たぐい》の彫刻師かなにかのようだ。

「ふぅん、その彫刻刀で指を切ったんだ」

「はは、おかげさまでもう大丈夫です」

男はにっこり微笑んで、絆創膏を貼った指を動かしてみせた。その指が持つ棒の先に付いているのは、直径五センチくらいの真っ白な塊だ。覗き込んでみると、表面に可愛らしい仔熊が彫られている。

「それ、なんですか」

「お若い方はまだ興味がないかな。シェルカメオです。貝を素材にして、こうして彫刻を施すんです」

説明しながら男は、極細の彫刻刀の先を仔熊の貌に当てた。すると、ふわりと白い粉が舞い、みるみるうちに、ふっくらと柔らかそうでいて、一本一本の毛まで精密な仔熊の輪郭が描かれていく。

「うわ、すごい……あなた、カメオ職人さんだったんだ」

そういえばと、桃香は熊のぬいぐるみや熊柄のカップ等、熊グッズも沢山持っていたことを思い出した。

「ね、それ幾ら？」

「これはワイヤの枠に入れて、二万五千円くらいでしょうか」

「安っ」

「いや、僕としては気が引ける値段なのですが」

「ああ、会社的にそれくらいの値はつけろってことなんだね」

「あ、いえ」

突っ込んだわけではないが、悠の言葉に男は少し慌てて「そういうわけじゃ――」と、取り繕おうとする。その様子が、素直すぎてしょっちゅう失言を吐き、その度にあわわとなる桃香と重なって、悠はまた吹き出しそうになった。

「私も雇われの身だからわかりますよ。ね、それ今日中に完成します？」

「ええ、あとは仕上げ作業だけです」

「買います」

「え？」

財布を出した。

「はい、二万五千円」

「即断即決ですね」

　差し出された三枚の札を前に、男が目を丸くしている。催事会場では落ち着いた雰囲気を纏ってはいるが、こうして感情を滲ませた表情を見ると、やはりトイレで自分の血におろおろとうろたえていたあのおじさんだ。

「大切な友達への誕生日プレゼントなんです。仕事が終わったら受け取りに来ますから、思いっきりラブリーにラッピングして下さい」


　駅からの帰路を、大荷物を抱えて歩いた。

　随分と時間が遅くなってしまったが、鞄の中にはペンダントにしてもらった仔熊のカメオが入っている。右手には桃香の好きなトルコ桔梗を基調としたアレンジフラワー、左手には幾つもの種類を詰め合わせた宝石箱のようなケーキの詰め合わせと、乱暴に揺らしたくないものばかりだ。走りたい気持ちを必死に抑え、それでもついつい早歩きとなり、マンションに着いた頃には汗だくだった。

　エレベーターに乗り、腕時計を見る。午後九時十分。帝塚山《てづかやま》にある父親の設計事務所で働いている桃香は、今日も遅くとも午後六時には帰っている筈だ。毎晩お腹を空かせて悠の帰りを待ち、ドアを開けると「ピーピー」とヒナ鳥の真似をして鳴く桃香だった。特に今日は誕生日なのにと、拗ねて飢えまくった鳴き声を上げるに違いない。

よっこらしょと、荷物を落とさないよう抱え直して鍵を出し、ドアを開けた。

だが廊下の向こうから、予想に反して桃香は駆けて来なかった。

灯りの点いた2LDKの部屋はシンとしていた。

――おーい、桃香ぁ？

呼ぼうとして、しかし何故か声が引っ込んだ。部屋全体の静けさに、なんだかわからない不吉な思いがしたのだった。

荷物をすべて床に置いた。靴を脱ぐと、足音を忍ばせて廊下に上がった。

廊下を渡ると十三畳のリビングがあり、その向こうに六畳の部屋がふたつ並んでいる。右側の自分の部屋は朝出た時のまま引き戸が開け放たれていた。左の桃香の部屋はドアがぴっちりと閉まっている。夜寝る時以外、淋しがりやの桃香が自室のドアを閉めるのは珍しいことだった。

リビングのテーブルには、シャンパンのボトルと、呑み残しの入ったグラスがあった。グラスは二個だ。他に食べかけの状態で残っているケーキやサラダ、チキン。汚れたふたつの皿とナイフとフォーク――

——誰か来ているの……

くっつき合ったふたつのクッションに胸がざわめき出す。その時、

「——ふ……」

桃香の寝室から、声が聴こえた。

そっと自分の部屋に入った。窓を開けて、ベランダに出る。音を立てないようサンダルを履かずに桃香の部屋の前へ行った。

窓のカーテンはほぼ閉じられていた。真ん中だけが、これも桃香らしくなく、雑な感じで数センチほど開いていた。その隙間に貌を近付けた。

窓と平行に並んだベッドの上に、桃香がいた。頭を向こう側の壁に向けて寝ているその姿は、悠が初めて目にする桃香だった。

身に着けているワンピースは、前ボタンがほとんど外されていた。胸の部分は大きく左右にはだけ、その下で、ホックが外されて緩んだブラジャーがたくし上げられている。

体はあんなに細いのに胸は意外にあることぐらい、一緒に温泉に入ったこともある悠は知っている。先端の色も、肌や髪の毛と同じく、色素の薄い桜色だ。

だがいまそこにある、薄闇に浮かび上がった膨らみの張りはなんだ。ピンと上を向いた先端の露骨な形状はなんだ。この思いがけない淫靡さはなんだ。

息苦しさに、喉を押さえて深呼吸した。いくら吸っても酸素が頭に回らない。くらくらとするこの光景は現実のものなのか。

「あ、ん……」

桃香の唇から、聴いたことのない声が漏れてきた。

スカートは腰までめくられていた。両脚は大きく左右に開いている。くの字に曲げられた脚の小さな膝小僧が、ちょうど悠の目の下にあった。

その間で、なにかがもぞっと動いた。心臓が痛いほどヒクついた。乱れた黒い毛の束。下の方から少しずつ桃香の脚をにじり上ってくるのは、男の後頭部だ。

巨体を折り曲げながら男は桃香の脹脛に唇を這わせ、膝裏を舐めていた。舌先は太いヒルのようにくねくねとうねり、内腿、腿の付け根へと上がっていく。その動きが如実に目に飛び込んでくる。

やがて舌先は、出来れば見たくなかった、桃香の陰部へ辿り着いた。

大きく開いた内腿のはざまに、小さな花のような秘唇があった。

その秘裂が、下から上へなぞり上げられる。

「あんっ、あん……駄目……」

桃香の腰が震えてよがる。

「駄目よ……悠が帰って来ちゃう……」

「やめていいのか、ん？」

男は舌の動きをいったん止め、桃香の貌を見る。

「あん、いじわる……」

華奢な腰に腰骨を浮き上がらせて、桃香は男の口元に自らの秘所を近付けるように、下半身をくねらせた。

「ほうら、こんなに欲しがってるくせに」

男はふたたび秘唇に舌を這わせ、そうしながらヒクヒクと震える秘肉のあわいに指を差し込んだ。

「あっ、あんっ、あぁっ」

耳を塞ぎたかった。男の指が動くたび、ネチョ、ネチョと露骨な粘着音が聴こえてくる。その音に合わせ、桃香の腰が空中でうねっている。

「ターくん、あんっ、あっ」

その甘え声は、いままで「悠～」と頼ってきた声とは違っていた。悠の聴いたことのない、扇情的な響きに満ちていた。

「いやっ、そこ、だめぇ……」

「いきそうなんだろ、いいよ、ここだろ」

グチョッ、グチョッ、と、卑猥な音は速度を増し、桃香の腰のうねりも速まっていく。腰が揺れるごとに、まろやかな胸の膨らみも形を崩して揺れている。

男の腕は筋肉を浮き上がらせ、ひたすら桃香を責めていた。秘唇に埋もれた指先がどのような動きをしているのか、桃香の腰の反応を見ているだけで悠にも伝わってくる。桃香の部屋を染め上げている狂おしい熱が、ベランダの悠の肌にまで沁み込んでくる。

「はぅんっ、はっ、あっ」

灯りの消された室内で、男の指の入った秘裂は、滑った光を放っていた。桃香の誕生日である今宵は、新月に向かう二十三日月だと、悠は知っていた。まだ月の出ていないほぼ無明の闇の中、その光は悠の瞳を反射させるかのように爛々と輝いていた。

「ターくん、欲しい……！」

「なにが欲しいの？　言ってごらん、桃香」

「ターくんの……！」

耳に手を当てた。しかしその声は、鼓膜を虚しく震わせた。

「おちんちん……ターくんの、おちんちんが欲しい……！」

喘ぎ続ける桃香は、息を吸い込むのにさえ苦しげに喉を鳴らしている。フランス人形のように愛くるしい顔は眉も目も歪みきり、あどけない唇はだらしなく半開きになっている。

その唇から卑猥な言葉まで発して欲しがる桃香に、男は秘裂から指を抜き、身を起こした。

ギシッ、とベッドの軋む音が、悠の耳にも響いてきた。普段、このような音が桃香の部屋から聴こえることはなかった。悠の知らない、男の肉体の重みというものを感じざるを得なかった。

「いくよ、桃香」

「ターくん、ああ……」

桃香はすでに恍惚とした表情を浮かべ、男の名をうわ言のように呼んでいる。その貌は、もういままでに何回も男を受け入れてきた女のものだと思った。ふたりの行為には、すでに築かれている流れのようなものがあった。

いったいいつからなのだ。自分の知らないところで、桃香はいつからこの男とこんな風に会っていたのだ。

白い太腿がさらに大きく割られた。そぼ濡れた秘唇がぬらりと口を大きく開ける。それよりもなお太く猛々しい男の怒張が、秘唇の中心に埋まり、粘膜を押し開くように沈んでいく。

「あぁっ、あぁぁっ！」

嬌声が上がった。ベッドの上、白い肢体がバウンドした。腰は高く浮き上がったまま、痙攣を続けている。

「すごい……あ、あひっ……感じる、感じるの！」

「可愛い顔して、ほんとエッチだな、桃香は」

肉柱を秘肉に深く埋めたまま、男の腰が、ゆっくりと前後に動きだす。

「はぁんっ！」

男が突き上げる、そのたびにベッドが軋み、桃香の声も淫らさを増す。

「いい、そこっ……当たってる……当たってるの！」

「ここだろ、うん、俺も気持ちいいよ」

男の腕が桃香を抱き上げた。汗の浮かんだその背に、隆々とした筋肉が盛り上がった。その背中を桃香の小さな手が懸命に摑み、ほっそりとした脚が腿を挟む。

「あぁ、あぁ、あぁ……」

突き上げる男の上で、華奢な上半身が同じリズムで上下し始める。

重たげに揺れる乳房。濡れた頰や肩にはりつく髪。小枝のように細い体なのに、その肌は妖しく息づき、躍動していた。

いやだ、見たくない。見たくない！

ギュッと目を瞑った。

しかし「感じる、感じるのっ……！」と叫ぶ桃香の声に誘われるように、またおそるおそる目を開いてしまう。脚はガタガタと震えている。いますぐこの場から立ち去りたい。なのに体が動かない。どうしようもなくこの瞳に、いやらしい桃香の姿を焼き付けてしまう。

知らず知らずだった。手が、下方に伸びていた。指先が、ジーンズの上から股間部を押さえつけていた。

その箇所一帯がジンジンと疼いている。ヒクヒクと秘肉を痙攣させている。

敏感な一点を揉み込むように、指先が動いた。

「あっ、また……あぁ！」

激しく全身をくねらせながら、桃香の上半身が仰け反っていく。男の突き上げは速度を増す。

じっとりとした汗が、悠の全身にも滲んでいる。耐え難い熱が肌の下でうねっている。

桃香を責め続ける男の動きに合わせて、悠の指にも力が籠っていた。

あいたっ——

中指に痛みが走った。レジデスクで文庫本のカバーを折っている最中だった。見れば指の腹で横一直線に血が滲んでいる。

紙の端で切ったのだ。指を舐めつつ、急いで抽斗《ひきだし》から絆創膏を取り出した。商品に血を付着させないよう、念の為に二重に巻く。

巻きながら、頭には重い憂鬱が垂れ込めていた。絆創膏の紙を剝がすのも、指に貼るのもいちいちおっくうで、動きが鈍い。

ゆうべの男の指が、脳裏でいまも蠢いていた。指は滑り光る桃香の秘唇に沈み、生々しくうねっていた。剛直を挿し込みながら、腰や乳房、尖りきった先端を弄り回していた。普段はおっとりとあどけない桃香の貌は欲情を剝き出しに歪み、ひたすら男を求めていた。その淫猥であけすけな表情は、だが悠が見たこともない、峻烈な美しさがあった。

あの後、悠は音を立てないようにベランダから自室に入り、外へ出たのだった。そして桃香の痴態をカーテンの隙間から覗き見た己を唾棄しながら、夜の町をふらついた。桃香の誕生日にと買ったアレンジフラワーとケーキは、酒を呑んだどこかの店にわざと忘れてきた。三軒の呑み屋を回り、しこたま呑んで、再度帰宅したのは深夜十二時を過ぎていた。

男はまだ部屋に居た。『ごめんね、悠』と、桃香は同居人の悠に断りなく客を入れたことを謝った。『彼、ターくん。実は今日プロポーズされてね、さっきパパに挨拶してきたんだ。パパの次は誰よりも早く悠に報告したくて、ここに連れて来ちゃったの』

『良かったね、おめでとう』。悠は引き攣る頰を気合いで上げ、桃香の婚約を祝福した。

そう、良いことなのだ。大切な親友が結婚する。めでたいことだ。

誰よりも愛らしく、性格の真っすぐな桃香。これからはあの男に守られて、幸せになるのだ。

なのに、自分は――

掌を握り締め、ジンジンと疼く中指を拳の中に押し込んだ。

自分は、絡み合う男と桃香の姿を覗き見ながら、自慰をした。桃香を抱く男の動きに合わせて、この肉体も動いていた。そして桃香が果てた時、浅ましくも同時に昇り詰めてしまったのだ――

惨めだった。破廉恥極まりない行為だった。桃香への最大の裏切りだった。

傷口を痛めつけるように、悠は握り締めた拳にさらに力を込めた。

「高本さん、ちょっとお願い出来るかしら」

先輩の声にハッとして立ち上がる。「はい」

「悪いけど、また返品作業やってもらえる？　今日、専門のバイトくんがお休みで」

「ああ、お安いご用です」

ホッとした。体を動かしていた方がまだ楽だ。

「いつもごめんんね、高本さんしか頼める人いなくて」

「なんの、腕力だけはそこらの男に負けませんから」

台車を引き、書棚に入った。商品を回転させる為、一定期間売れ残った本を返品用の段ボール箱に詰めて、書棚に空きをつくる作業だ。普段は専門の男子アルバイトに頼む力仕事だが、悠は意識的に作業に没頭しようとした。妄念を振り払いたかった。よいしょ――なにくそ――よいしょ――心の中で怒鳴りながら、返品本をごそっと引き抜き、段ボール箱に詰めていった。

だが、よいしょ――なにくそ――と、リズムに乗って何度めかに引き抜いた時、先刻傷つけた中指がピリッと痺れた。

バサバサドサッ――

派手な音を立てて、数冊が床に落ちた。そのうち一冊の角が、足の甲を直撃した。

「くっ……」

「大丈夫、高本さん！」

思わず屈みこんだ悠に、先輩が慌てて飛んでくる。

「ああ、はは……」

散乱した本を拾おうとして足を踏み出すが、また痛みが走り、ヒョコッと崩れそうになる。

バツが悪くて、苦笑いした。いつもなら商品を落とすようなドジはしない。落としたのなら反射的に体が避ける。ズキズキと骨にまで響く足の痛みが、今日の無様な自分を嘲笑《あざわら》っているようだった。

「病院に行った方がいいんじゃない？　骨が折れてるかも」

「大丈夫ですよ。しばらく放っておけば治ります」

「そんなこと言わず、とりあえず早いうちに水で冷やしていらっしゃい。それで痛みが引くならいいけど」

格好悪いなぁ、もう――

水を張ったトイレの洗面台に赤く腫れた足を浸し、悠は溜息を吐いた。

いつものようにスタッフ用の男子トイレだった。使用者は他におらず、ガランとしている。ほとんどのスタッフが昼休みを取り終えた時間帯なので、しばらくは誰も来ないだろう。それに女子トイレで足を洗面台に上げていれば、知らない女からは眉をひそめられ、顔見知りからは大袈裟に心配される。その点、男なら程良く無視してくれるだろうと思ったのだが、

「おや、今日はまた豪快な格好ですね」

背後のドアから聴こえてきたのは、あの男の声だった。

「はは、作業中にミスしてさ、このザマだよ」

腫れ上がった足の甲を上げてみせ、頰をしかめた。骨に異常はないようだが、足の指や足

首を動かすとズキッと痛む。

「痛そうですね……湿布を買ってきましょうか」

男は悠の隣りに立ち、心配そうな貌を浮かべている。

「いいよ、靴が履けなくなると困るし。しばらく冷やしていれば大丈夫」

「でも、そんな麗しいおみ足を晒していると、女性だとバレてしまいますよ」

「どうせ体の末端だけ女だよ、私は」

思わず乱暴な言い方をしてしまい、すぐに反省して「あ、ごめん」と付け加えた。どうも昔から鏡の前に他人と並ぶと、ぶっきらぼうを装う癖のある悠だった。

しかし、と、ちらり鏡の中の男に目を遣ってみる。今日は癖だけでもない気がした。

「あのカメオ、お友達は喜んでくれましたか」

「あ、あぁ……」

言われて思い出した。そうだ、あのカメオ、どうしたっけ。ええと、アレンジフラワーとケーキはどこかの居酒屋に置いてきて、カメオは——まだ鞄の中に入ったままだ。

「ごめん」

正直に頭を下げる。

「ちょっと色々あって、まだ渡せていないんだ。無理言って急いでもらったのに、悪い」

「なにかあったんですか」

男は鏡に背を向けた姿勢で、洗面台にもたれて訊いた。

鏡に映る自分が相手の視界から消えると、少し気持ちが楽になる。

「おじさんはなにかあったの、怪我した日」

自分も鏡から目を落とし、足にポチョンと水をかけた。

「おじさんがカメオを彫る手付きを見てるとさ、指を切るようなヘマをやるとは思えないんだよね」

彫刻刀もカメオも、自分の体の一部のように滑らかに操っていた男だった。

「おじさんは、そうですねぇ」

淡々とした口調で、男が答える。

「失恋しました」

「失恋？」

「ええ、同じ女性から二度目の失恋。一度目もショックでしたが、二度目はじわじわ臓腑にきますねぇ」

「おじさんみたいなイイ男でもフラれるんだ」

「フラれる時はフラれます。雨と同じ。受け入れるしかありません」

「そっか」

《失恋》など、恋らしい恋をしたこともない自分には、縁遠いものだと思っていた。自分に当てはめるだけで、ムズ痒《がゆ》くて笑ってしまうものだった。でもいまはその言葉が、ぐっと胸に突き刺さってくる。

「そうだね、雨だなんて、うまいこと言うね。びしょ濡れだったよ、私。無性に暑くて、なのに体がすっごく冷たかった」

そう言って、上げた膝に顔を落とし、悠は泣いた。

洗面台で隣り合いながら、声を出さずに涙を流す悠を、男は長いこと黙って見つめていた。

やがて、そっと左手に、絆創膏の目立つ手が載せられた。

「中指も怪我したんですね」

「ああ、これ……」

ぐすっと洟《はな》をすすって、自分も絆創膏を巻いた指を見る。我ながら雑なぐるぐる巻きだ。

「ちょっと切ってね、商品に血が付かないように貼っただけ。大したことない」

笑って、剝がした。

「見せて下さい」と、男は悠の手を掌《たなごころ》に載せると、大切なものを扱うように傷口を確かめた。そして「良かった」と、心底安堵した声を出す。

「痕に残りそうではありませんね。あなたの綺麗な指に傷をつけてはいけません」

「はは、指だけ綺麗でもね、ほんと無駄だよね」

だが、そんな強がりめいた自虐も、何故だかいまは無意味なものとして、すっと流れ去っていくような気がした。この男の前で涙まで流しておいて、いまさら無駄な会話は必要ない、いまは頑張らなくていい。そんな気がした。

男の掌にある、自分の手を見る。関節の太い指に包まれて、それはとても華奢でか弱い女のものに見える。体温も違う。男の手とはこうも温かいものなのだと思う。皮膚の厚みも肉の硬さも、すべて女を上回っている。

ずきん、と、ふいに疼くような痺れが、腹のあたりに降りてきた。

それは昨夜、桃香と桃香の恋人のセックスを覗き見た時に感じた、性的な疼きに似ていた。

何故いま、しかもまだ会って三度めの男を相手にそんな妙な感覚に襲われるのかと、悠はすぐさま自分を恥じ、冷静になる為に鏡を見た。

鏡に映る自分も、男が隣りにいるせいだろうか、いつもより小柄で女らしく見える。

「実は、お願いがあるのです」

男の声に、ビクッと手が反応する。

「……なんですか」

「ネイルチップをご存じですか」

「ネイル——ええ、つけ爪のことでしょう」

悠自身は興味を持ったこともないが、桃香がよくキラキラ光るつけ爪をつけている。色とりどりの長い爪の上に米粒ほどの小さなストーンが十個も二十個もちりばめられていたり、金粉が塗られていたりする。あんなゴテゴテした爪でよくケータイのキーを打ったり髪を洗ったり出来るものだと、感心して見ていたものだった。

男は掌に載せた指を、自分の指先で一本一本撫でていた。控えめな所作とは対照的なその指の太さ、長さ、逞しさに、悠もまた見入っていた。

「実はあなたとここで初めて会った日から、カメオのつけ爪を作っているんです。あなたのこの指に触発されたんです。良かったら試してくれませんか」

「つけ爪を、私がですか」

「あなたの指を思い浮かべながら作ったんです。世界中で一番、あなたが似合うと思います」

その夜、悠は、男の泊っているビジネスホテルの部屋にいた。

男はテーブルを作業机代わりにし、木製の台や彫刻刀など、様々なカメオ彫刻の道具を並べている。

その光景を眺めながら、悠はベッドであぐらをかき、芋焼酎のロックを呑んでいた。

男にホテルに誘われたところで、自意識を働かせてあたふたするような自分ではない。昔から同級生たちからも親戚のおじちゃんおばちゃんからも女扱いされたことはなかった。ましてや性の対象として狙われることなどあり得ない。だからいま、この状況に硬くなって息苦しささえ覚えている自分は、傍から見ればただの自意識過剰で、ちゃんちゃら可笑しく滑稽なのだ。

そう何度も言い聞かせつつ、そのくせ先刻からやたら喉が渇き、焼酎を流し込んでばかりいる。これはたぶん、昨夜ベランダから覗き見た、桃香と桃香の恋人のセックスのせいだ。図らずも自覚させられてしまった、自身の女の部分が意識過多にさせているのだ。

柄でもない、と、鼻先で笑い飛ばした。

「これです。つけてみて頂けますか」

瀬能岳生と名乗った男は、両手に台を持ち、隣りに座ってきた。

お尻の下で、ベッドのスプリングがわずかに揺れる。その振動に、いちいちゆうべの記憶が蘇《よみがえ》るのが鬱陶しい。

が、台の上のものをひと目見て、

「なんて綺麗……」

率直に、その言葉が出た。

そこには、パッと咲いた花弁のように、十個のつけ爪が並べられていた。ひとつひとつ、濡れたように輝く濃い赤をベースにして、真っ白な百合を象ったカメオが載っている。

呟いたまま、しばしうっとりと見惚れてしまった。ここまで艶《あで》やかで精妙な細工の施されたつけ爪は、いままで見たことがなかった。こんな素敵なものを、本当にこの自分がつけるのだろうか。

「もう大体出来ていまして、後は最後の仕上げを施したいんです。実際に付けて頂いた状態の方がしやすいので、少し手をお借りします」

そう言って瀬能はまずコットンを取り出し、小さな瓶から透明の液を振りかけた。

それから悠の手を取った。液体の浸されたコットンが、左手の小指の爪の上に載せられた。

「最初に爪の表面を滑らかにする為、エタノールを浸み込ませたコットンで拭いていきます」

「はぁ……」

手を取られることにも、意識を向けないようにする。これは作業。相手の仕事。この手は道具。

小指が終わると、薬指。次は中指――。順に、ひんやりとした感触が爪を覆う。

その心地好い冷たさと男の掌の温かさに、悠は無言で手を預けた。

すべての爪を拭き終えると、今度はひとつずつ、粘着剤が塗られた。その上に一枚一枚丁寧に、つけ爪が置かれる。生え際からぴたりと重ねられ、その表面を、瀬能の指の腹が軽く押さえる。

「どこか窮屈だったり、痛かったりはしませんか」

「いえ……ぴったり。驚くほどぴったりのサイズです」

「良かった。色もこれくらい深みのある赤で正解でした。想った通り、あなたの白い指に映えている」

それから男は、刃の最も細い彫刻刀を持った。

小指のつけ爪の表面に、刃の先端が当てられた。

ふわりと、白い粉が舞い上がった。同時に、刺激とも呼べない微細な感覚が指の先で蠢き始めた。直に触れられているようで、そうではない、軽い掻痒感にも似た、じれったいような感覚だった。

小刻みに踊る彫刻刀の下で、百合の花が精巧さを増していく。自分の指の先で、清艶な花弁を広げていく。その艶やかな輪郭と、隠微な指先の感覚に、悠の意識が捕われていく。

自分が魅了されているのは、このなまめかしいほどに生命を宿らせるカメオの百合に対してか、それとも最後の仕上げを施す瀬能の繊細な彫刻刀捌きにか。あるいは爪の下の皮膚に伝わる、刃の精細な響きかもしれない。まるで瀬能の彫る百合の花が、あえかな陰影をそのままに、皮膚に刻み込まれる気がする。

「疲れませんか」

「あ、いや」

瀬能の声に、うっとりと呆けていた自分に気付き、咳払いした。喉が渇いて仕方がない。ベッドサイドの棚に置いた焼酎のグラスに、自由な方の手を伸ばす。その自分の手に、ハッとなった。改めて指先に目を凝らした。白と赤を艶麗に飾るその指は、自身の目にもたおやかで、優美だった。

そっとグラスを持ち上げる。普段のようながさつな手付きではない。自然と指先を揃えてしまう。その指の描く曲線は自分のものとは思えないほどエレガントで、まるで映画のワンシーンのような、どこか官能的でさえある光景だった。

「最後にトップコートを塗りますから、もう少し動かないでいて下さい」

「ええ」と返事をして、それからすぐに、なにが「ええ」だと、女っぽい返答をした自分に赤面する。肩の凝りを感じたので、瀬能が次の作業の準備をしている際に軽く座り直したが、その動作までがいちいち、しとやかぶっている。

——冗談だろ、どうしたんだよ、私……

まごついていると、これまでとはまた違う微細な刺激が指先に寄こされた。瀬能が慎重な手付きでトップコートを塗り始めていた。

透明な液を浸したハケが、すうっと爪を撫でる。すると真紅の背景と純白の百合が、一層鮮やかな輝きを放ちだす。

瀬能の掌で彩りを増す自身の指先に、魅入られていく心はもう、誤魔化しきれなかった。

「完成です」

「——うん」

仕上がった爪と、その爪をつけた自身の指に、ゴクリと唾を呑み込んだ。先刻まで口の中がカラカラだったのに、いつの間にか唾液が舌の付け根に溜まっている。

「——自分の手じゃないみたい」

「あなたの手です」

掌の上で、瀬能は自身の作品を慈しむように、指を優しく握り締めた。

その手を悠は、少し遠慮がちに、だが自身の手の美しさに後押しされるように、握り返した。

「なんだか、笑っちゃうくらい色気ある」

「あなたは綺麗でセクシーな女性ですよ。ご自分で気付いていないだけです」

指が絡み合った。関節のしっかりした瀬能の指のはざまで、しなやかに動く白く長い指は、紛れもなく自分のものだ。

「ううん、だってこんなこと、普段の私なら言えない」

「こんなこととは？」

「笑わないでよ、私……」

その声も、笑い飛ばしたくなるくらい、しおらしい。

「……あは、発情しちゃったよ」

「はい」

「おかしいよね、男みたいな私が、あなたを誘おうかなって気になってる」

「何度も言うように、あなたは美しい女性です」

瀬能は静かな笑みを浮かべ、こちらを見つめていた。

その目の優しさに、悠の心はまたひとつ、ベールを剝ぎとっていく。

「それでさ」

容姿のこととなるとつい自分を卑下してしまう悠だが、真っすぐ瀬能の目を見返せない理由は他にもあった。

もしかしたら申告の必要はないのかもしれない。しかしこの際だった。この男の前で恥じるべきは嘘をつくことだけだと思った。

「私、二十四にもなって男と付き合ったことがないの。だから、そういう経験もないんだ」

「そのあなたが今夜、僕に心を預けてくれる気になってくれたのでしょう」

絡み合った指に力が込められた。

ゆっくりと、肩が抱き寄せられた。

悠もうひとつ勇気を出し、瀬能の胸におでこを当ててみる。

頬に手が添えられた。瞼に軟らかいものが当たった。瀬能の唇だった。息を止めて、その軟らかさを受け止めた。男というものは手だけでなく、唇も温かいのだ。

目を閉じた睫毛が、濡れた舌先にそっと舐められた。緊張と心地好さが交互に訪れ、ぞくぞくするような電流が首筋と背筋を行き来する。

舌先は頬を伝い、耳たぶをくすぐって、耳の中にも忍び込んだ。

軟骨の形に沿って動く柔らかな感触。耳全体を覆う湿った吐息。潤いの粒子が皮膚の内側へ沁み込んでくる。

手を伸ばし、瀬能の首筋を撫でてみた。つけ爪をした指が、男の逞しい首を撫でている。

鋭角な顎の輪郭をなぞっている。自分の指が、このような淫靡な動きをするとは思わなかった。この指で、もっと瀬能の肉体を触りたいと思った。

耳にキスをされながら、ふいに重力を奪われた。ふたりの体が共にベッドに倒れた。

仰向けとなった悠の上に、瀬能の肉体があった。

「えと……私、どうすればいいのか、わかんないんだ」

「ただ僕に、反応してくれればいいんです」

Tシャツの裾がたくし上げられる。空気が触れるよりも先に、肉厚の掌が腰に触れる。その手が徐々に上へ上がってくる。

「あのね、私、びっくりするほど胸が小さいよ」

一応、そのことも申告しておく。

瀬能はくすりと笑って、直後、がばっと胸を摑んできた。

「わっ」

不意打ちを喰らって、悠は驚いた声を上げた。

「本当だ、小さい」

つつましい肉丘にやんわりと掌を押し当てながら、瀬能が目尻に笑い皺を刻む。

「だから言った……」

言い返しかけた声が、途中で消えた。胸を摑んだ瀬能の手が、スポーツブラ越しの膨らみを、やわやわと揉み始めたのだ。

「ん……あ……」

消えた言葉の代わりに、意図しない声が漏れてしまい、咄嗟に手の甲を口に当てる。

唇を嚙み締める悠の胸肉で、指は螺旋《らせん》を描いたり、むにゅりと指先を埋めたりしている。

「あ、ん、あぁっ……駄目だよ、そんなの……んっ、くっ……」

いやらしく鳴ってしまう声をフォローするつもりで喋ってみるが、発した言葉はますますそれらしい、感じている女の台詞でしかない。

この自分が、こんな女っぽい声を出してよがっているなんて。

指先がブラジャーの中に潜り込んでくる。ささやかな胸丘は、麓《ふもと》から頂上までをすぐに制覇された。

「あっ、ん！」

先端の蕾がつままれた。瞬間、じん、と甘い痺れが上半身を突き抜けた。軽い痙攣と共に、背中がひとりでに浮き上がる。

「んん、ふ、うあ……」

瀬能の指が、乳首の芯を左右に捏ねくり回している。その動きに合わせて、悠の腰もわずかに上下しだしてしまう。

「誰にも触れられたことのない、無垢な乳首なんですね。小さくて、ピンといっぱいに張り詰めて、なんて可愛いんでしょう」

囁き声と共に、もう一方の乳房にも指が這わされた。両方の乳頭がいっぺんにつままれる。

「えっ、あ、あぁっ」

ゾクゾクゾクッと、乳首から全身に粟《あわ》が立った。

指先は乳頭の根元をつまんだまま、こよりを巻くような動きで左右に転がし始めた。

「あひぅっ、ふっ……はっ！」

「自分でオナニーしながら、乳首を愛撫したことはありますか」

「え、やだ、そんなの……」

「あるでしょう、こんなに感じるのだから。どちらがより感じますか」

「わからないよ、そんなの……したことない……」

両の乳首を弄ばれる快感に悶えながら、なんとか発したその答えは本当だった。自慰そのものはそりゃあ一応二十四の女だ、とっくに知っている。現にゆうべ、桃香の痴態を覗き見ながら、ベランダで独り果てたばかりだ。

だが悠の自慰は常に、ダイレクトにクリトリスを指先で擦る方式だった。先刻の耳への愛撫、そしてこんな小さな胸の突起を触られて、その刺激がこんなに感じるものだとは、いまのいままで知らなかった。

「じゃあ……」

片方の先端に、瀬能の貌が降りてきた。

突起が、温かく濡れた唇に包まれた。

「きゃっ、ふあっ！」

唇の中で舌先が、乳首をねろねろと転がしてくる。柔らかな舌にねぶられながら、そこがどれほどキュンと屹立しているかがわかる。

「あ、はぅ……はっ！」

刺激の強さなら、指先で弄られている方が上の筈だった。なのに動き回る舌先に支配された乳首の感覚は、指の比ではなかった。ぬめぬめと上下左右に転がされ、生温い感触に嬲《なぶ》られながら、尖りの根芯まで蕩けてしまいそうになる。

「あぁっ、どうして……はぅっ、う、うぁふっ！」

肉体は勝手に右に左によじっていた。本能的に仰け反ってしまう上半身を不器用に折り曲げ、悠は瀬能の頭を掻き抱く。つむじの辺りに何度も口付けし、自身の快感を伝えようとする。

「気持ちいいよ、ヘンになっちゃいそうだよ……！」

「嬉しいです、じゃあ、こちらは」

唇は右の乳首から離れ、左の乳首へ移った。それまで左の乳首を弄っていた指は、代わりに右側へと移行する。

「あぁっ、ぎゃ、ふ……！」

悲鳴と同時に背中が大きく反り、空中で固まった。

「は、あ、あ……」

凄まじい衝撃が乳首の芯を中心に、頭の先から足の爪先まで貫いた。

空中に腰を浮かせたまま動けないのは、この快感をわずかでも逃したくないからだ。いま与えられている快感を、どこまでも享受し尽くしたいからだ。

「右よりも左の方が感じるんですね。女性も男性も、心臓に近い胸の方が敏感だと聞いたことがあります。悠さんの乳首も、左の方がエッチなんですね」

囁く瀬能の吐息さえも、乳首の周辺をじんわりと濡らし、皮膚の下に浸透してくる。迎え入れる脂肪の一粒一粒が疼きにざわざわと震えている。

「そんなの、私……」

上擦った声をどうにか上げるしかなかった。瀬能はこの肉体を持ち主である自分よりも把握している。男と間違われてばかりの、自分でもそれを当たり前だと思っていた肉体は、いま瀬能の下で百パーセント、女になっている。

「いままで気付かなかっただけです。あなたの肉体は相当感じやすいんですよ。もっと体中から力を抜いて、僕に全身を預けて下さい」

「はぅ……う、くっ……」

力を抜けと言われても、その塩梅がよくわからない。瀬能の舌が動くごとに、我知らず体をこわばらせてしまう。

「感じるまま、反応してくれれば良いんです」

舌の動きが、激しさを増した。

「ひっ、ぎゃっ、あぁっ！」

低い天井に響いた声は、野生の牝そのものだった。

「あぁっ、どうしてこんなに感じて……！」

舌先は念入りに乳暈を舐め、乳首を転がしている。指先は汗にまみれた腋下へ伸びてくる。中心の窪みにそっと沈み、小さな円をくるりと描く。

「ひくぅっ！　ひぁっ！」

くすぐったさだけではない淫靡な感触が、腋を閉じさせようとした。

「逃げないで」

「駄目、こんなとこ……」

「僕に反応して下さいと言ったでしょう。僕もあなたに反応しているんですよ。あなたの肉体が、ここも触って欲しいと訴えているんです」

「嘘……嘘……！」

舌先が、今度は腋下の窪みをなぞり上げる。

軟体動物のように動く舌先から逃れようと抵抗してみるが、二の腕と腰を押さえる男の力は、どんなにじたばたしてもビクともしない。

「駄目、駄目だって！」

腋下は、悠にとっては胸よりも恥ずかしい場所だった。接客業である以上、身嗜《みだしな》みには気を遣っているつもりだが、夏でも男物のTシャツで通し、他人に腋下を晒す状況に置かれた経験のなかった悠は、腋毛の処理というものを行う習慣をまともに持たずにきたのだ。

「やめて、そこ……本当に嫌だ！」

敵わない力を相手に、駄々をこねる子供のように暴れまくった。汗で濡れたシーツはますます皺くちゃに乱れ、背中や尻に貼り付いた。

さらけ出された腋に込められた力は、せめて相手の唇から少しでも離れようと、小枝のような筋を張り詰めさせ、中心の窪みを深くする。

「こんなに愛らしい腋、舐めずにいられません。でも残念だな、悠さんは体臭も体毛も相当薄いんですね。うぶ毛がほんの少しあるくらいだ」

言いながら、舌先が、腋下のうぶ毛をねっとりと逆撫でする。

「ひゃっ、やっ！」

その鮮烈な刺激に、腰がまた宙に弾かれた。毛根にまで沁み込んでくる刺激の微粒子が、蠢きながら皮下に溜まっていく。

「自分の美しさに気付いていない悠さんは、肉体のケアに対してもズボラそうですものね。この腋毛の薄さは、きっと神様が『仕方ないなぁ、処理しなくてもいいように薄くしておいてやるか』と配慮してくれたんでしょうね」

冗談なのかよくわからないことを呟きながら、瀬能はちろちろと舌先を動かし続けている。

「似たようなことを……友達に言われたことがあるよ……」

喘ぎ声をひっくり返しつつ、悠は答えた。

「一緒に温泉に入った時、彼女が私を見てケラケラ笑うんだよ。『無駄毛の処理もせずゴシゴシ体を洗って、とっても悠らしいね』って」

そうして桃香は一緒に湯に浸かりながら、「なのに悠の体は信じられないくらい綺麗。無駄なものがひとつもない」と、ふざけて抱きついてきたのだ。

あの時、二の腕に触れた桃香のふっくらとした乳房。蜻蛉《かげろう》の羽のように儚《はかな》げでありながら、どこまでもひとつになれそうな優しい丸みの感触を、この肌はいまも忘れていない。

「あなたはその彼女の為に、男のようであろうとしたんですね」

瀬能の舌先は、さらに深く埋まってくる。

「え、あ、んん……！」

「彼女に求められ、必要とされる自分でいたかった。その為に、彼女の持っていないものを持つ自分であろうとした」

「そんなこと……んっ！」

腋下をさらに強く抉る舌先の動きに、言葉は奪われる。「うっ、はぅっ、ふぐっ」という声が喉を震わせるばかりだ。

「そんなことはないと思いますか。だったら無理をする理由はない。あなたは女性なんです。類稀《たぐいまれ》なほど美しい女性なんです」

瀬能の指が、今度はジーンズのボタンにかかった。

「あ、や……！」

瞬間、全身がこわばった。だが舐められ続ける皮膚の感覚に陶然となった肉体には、羞恥を留める力も薄れていた。官能が高まるほどに己の支配力は薄れていく。瀬能の成すがままに、ジーンズと下着が降ろされていく。

「瀬能さん……」

あっけなく一糸纏わぬ姿となった。悠は瀬能を見上げた。

初めて父親以外の男に見せる、生まれたままの姿だった。ベッドの上、控えめな胸を上下させて荒い息を吐く悠の総身に、瀬能の視線が注がれた。

その視線の熱さに、肌が灼《や》かれてしまいそうだ。

「綺麗です、悠さん」

「そんなに見ないで、恥ずかしいよ」

悠の肌は、うっすらと汗を浮かべていた。ホテルの抑え気味な照明の下で、仔鹿のように敏捷《びんしょう》そうな細い肢体が、なまめいた輝きを放っていた。緊張に震える下半身は、太腿にも脹脛にも程良く発達した筋肉を張り詰めさせていた。

「瀬能さんも、脱いでよ……」

極度の恥ずかしさから、口調はいつにも増してぞんざいなものとなってしまう。

だが瀬能は目尻を柔らかく緩ませ、ゆっくりとワイシャツを脱いだ。引き締まった痩身が、薄明かりの中、現れた。

続いて瀬能はスーツズボンのベルトをはずし、ファスナーを降ろした。

悠の黒目は我知らず泳ぎ、視線を目の前の肉体から外そうとする。

あからさまにうろたえている自分が悔しい。だが父親の裸体さえろくに憶えていないのに、初めて見る男性の、精悍《せいかん》な筋肉で構成された浅黒い肉体は、あまりにも強烈過ぎた。

衣服を全てを脱ぎ去った瀬能が、ふたたび肉体を重ねてきた。首筋に唇が当たる。鎖骨に沿って皮膚をくすぐられる。触れ合う肌が熱い。

もうひとつ、太腿のあわいを、硬いような柔らかいような肉塊が擦っていた。キスをしながら瀬能が動くたび、肉塊も内股に触れるか触れないかの感触でやんわりと肌を突いてくる。その先端が少し濡れていることを、内腿の皮膚が触知した。

「すごくドキドキするよ」

肌の上、瀬能の体温と同じ温度の体液が、かすかなねばりを帯びて、幾筋かの痕を残していく。柱時計の振子のように、それは太腿の曲線に沿って柔軟に滑りながら、本体の直線を失わない。

息を凝らしつつ、額や瞼にキスの雨を降らせる瀬能の肩に、悠はそっと手を置いた。動くたびに筋肉を盛り上がらせる肩の上で、カメオのつけ爪を施した自分の指は、これ以上ないほど妖美に映った。

「完全に、女の子の気分だ……」

「では、もっと自分が女の子だってことをわかってもらいましょうか」

そう言って突然、瀬能が身を起こす。

「えっ、なに！」

背中と膝に腕を差し込まれた。そのまま、まるでお姫様抱っこのような格好でベッドから抱き上げられた。

「ちょっ、やめてよ！」

こんな体勢で男に抱かれること自体、照れ臭過ぎて慌ててしまう。腕を伸ばして離れようとし、脚もバタバタさせてみたが、瀬能は泰然と悠を抱き、部屋備え付けの化粧机まで連れていった。そして壁掛けの鏡と向かい合わせの姿勢で、悠の尻を机に載せた。

「なに、なんなのよ」

鏡には、上半身剝き出しの自分の姿が映っていた。机の奥行きに限界がある為、膝小僧は自然と左右に開いてしまっている。

「やだっ」

すかさず膝を閉じた。普段ジーンズばかり穿いて男のような振る舞いをしている悠には、それだけでも気恥かしくなる仕草だった。

だがいくら膝を閉じようとしても、机の上には悠の長い脚を、足先まで揃えておくスペースはない。どうしても八の字に開いてしまう脛の向こうに、自身の太腿の裏肌が見えた。白い腿の付け根の中心で、仄かに煙る黒い翳りに、慌てて貌をそむける。

「目をそらさないで。ちゃんと見て」

こめかみに両手が添えられ、頭が鏡に向け直された。

「やだよ、こんなの好きじゃない」

「どうして」

「鏡なんか見せられたってシラケるだけだよ」

言い捨てて、強情に首をひねろうとする。

「シラケますか」

「阿呆みたいだよ。壁一面が鏡のラブホテルとか、自分たちのやってるとこを撮るカップルとか、話には聞いてるけどさ、そんな自意識過剰な心理が私には理解出来ないよ。こんなことやめてよ」

「あなたはすでに自分の肉体にシラケていますからね。いまさらこうして見ても変わらないでしょう」

抵抗したがる悠の核心に、その声は驚くほど端的に迫ってきた。

一瞬、言葉を失くした悠の背中が、直後、大きな温もりで包まれた。

「さあ、もっと脚を開いて」

瀬能は椅子に座り、肩から二の腕、肘から手首の柔肌を撫でてくる。

突如、両手首が軽く摑まれた。そのまま上半身を後ろに倒された。重心を失った肉体は完全に瀬能のものとなった。

二の腕に隠されていた乳房が、鏡の中にさらけ出された。中学生の頃から変わり映えのしない見なれた小さな乳房だが、散々瀬能の愛撫を受けたその先端は、自分でも信じられないほど尖りきり、夏の朝陽に開花を誘われる花の蕾のように充血している。

膝が割られた。両足首を持たれた。脚は宙に浮き、鏡をまたぐ形で壁を踏んだ。

鏡の中、そぼ濡れた陰部が露となった。あまりにも破廉恥な己の姿に悠の瞳はまた揺らぎ、点いていないテレビの濃灰色の画面やオレンジ色の照明に染まる壁肌を泳ぐ。

「腫れはだいぶ治まっていますね」

「え……ああ」

言われて思い出した。そういえば、足の甲の痛みも意識から遠退いていた。あんなに痛くて腫れ上がっていたのに、血も感覚も全部、瀬能に触れられる場所に流れていってしまったみたいだ。

「それでいい。あなたの肉体に余分なものは要りません」

右腕が取られた。その手は開ききった太腿の中心へと運ばれた。

濡れたように輝く赤いベースの上で、真っ白な花弁を艶やかに咲かせるカメオのつけ爪だけが、いま悠が身に着けているただひとつのものだった。

瀬能の手に導かれ、指先は翳りの上に置かれた。

「いつも自分でしているように、指を動かしてみて下さい」

「そんな……」

「さあ、悠さん。発情したと言ったのはあなただ。ここまで来てゴネるのは、あなたの女がすたります。僕に、発情しているあなたを見せて下さい」

「すたるって」

いちいちもっともな台詞で、悠なりに抱いている矜持を揺さぶり、欲情を煽《あお》る瀬能だった。

「わかったよ。こんなの見て、なにがおもしろいのかわかんないけど」

指を、ゆっくりと動かした。つけ爪の先で淡い翳りを梳《す》くように、その下に隠れている皮膚をそうっと撫でた。

そこはまだ肉芽の周囲の薄膚だった。それでも爪の先で撫でているだけで、甘美な電流がぞわぞわと皮膚の上を蠢き回る。

指先で慎重に、敏感な一点を探る。

「はぁ……あ、ふ……」

瀬能はなにも言わず、ただ鏡に映る悠の行為を見守っている。

ビクッと、腰が痙攣した。思わぬ距離から、つけ爪が花芽を擦ったのだ。普段の短く切り揃えた爪とはタイミングも角度も異なる、思いがけない刺激だった。

「……ふ……」

喉から鼻へ、小さな息の塊が抜ける。肩を震わせて、吐いた分の三倍くらいの空気を深く吸い込む。

もう一度、今度は意識的に、爪の先で肉芽をなぞった。薄く敏感な表皮を下から上へ、上から下へ。爪の先が上下するごとに、小さな一点で微弱電流のような甘い疼きが移動する。

机の上で、尻がもぞもぞと動いてしまう。

「ふ、う……ふ……」

微弱電流だけではもどかしく、指の腹で花芽に触れた。その瞬間、ヒクヒクッと腰が引ける。唇を嚙み締め、そっと柔らかく花芯を押さえた。むにむにと芯を転がした。

そうしながら悠は、鏡の中の瀬能を見上げた。いままでその箇所は、直に触れるだけで痛みを覚えるほど過敏な一点だった。だが先刻乳首を愛撫されながら、快楽の導線がここにも火を流していたことを感じていた。いまは瀬能の視界に捕われて、火玉は温度をさらに上げ、炎を大きく膨らませている。

芯を転がす指の強さに、少し力を入れてみた。だが過敏になり過ぎたそこは、若干の痛みを覚えてしまう。

もどかしい。いつもより感じているのに。もっと感じそうな気がするのに。どうすればこのもどかしさが消えるのか。

鏡の中で視線が交錯する。悠を見つめ続けていたその目が、ふと伏せられた。浅黒い筋肉質の裸体が、悠の太腿のはざまへと屈められた。

——はぁ、あ、はぁ……！

控えめな胸の膨らみと、引き締まった白い下腹部が、浅く間隔の短い呼吸にピクピクと波を打った。

「あぁっ、はくっ……く！」

秘唇が、瀬能の舌になぞられた。薄い片方の秘肉が、瀬能の舌にねぶられている。そのまま唇に揉み込まれる。生温く濡れた舌と唇粘膜が、英語のRを発するような動きで秘肉を挟み、やわやわと捏ねている。

「だ、め……あぁぁっ！」

ゾクゾクゾクッと、快美な電流が凄まじい勢いで全身を駆け抜けた。腰も脚も両腕もガクガク震え、この身を支えていられない。

唇が、もう一方の恥唇を捉えた。新たな衝撃がまた一から悠を襲う。

「からだが――瀬能さんっ、おかしいよ……熱くて、ヘンだよ……」

ヒクヒクと痙攣する肉体を、もはやコントロール出来なかった。恐怖さえ覚える被支配感の中で、快感だけが高まっていく。

いったん、瀬能の唇が秘唇から離れた。だがすぐにクリトリスを覆っていた悠の中指が、瀬能の舌に舐め取られた。そのまま硬く肥大した花芯が濡れた唇に吸い込まれ、下から上へしゃぶり上げられる。

「くはっ、ひぃうんっ！」

弾けるように上半身が仰け反り、手は何かを摑もうとした。その衝撃で机の上から紙の束らしきものがバサバサと床に落ちる。かすかな理性が鏡を見させたが、映っているのはか細い内股の骨を扇情的に浮かせ、左右に開いた自身の太腿と、その間に埋まった瀬能の後頭部だった。

鏡越しではなく、自分の目で瀬能を見た。

真剣な表情で愛撫を続けるその貌。男らしく精悍な頬骨が官能的に動き、そのたびに、自身の最も敏感な肉体の中心が、ビリビリと快楽に痺れていく。

「ヘンだよ、からだが、どうかなっちゃうよ……瀬能さん……！」

ふたたび鏡の中の自分を見る。男に全身を委ねている我が身がある。その卑猥さ、淫乱さ、あざといほどの女っぽさが、肌を染め上げる快楽をますます血肉に刻み込む。

そして瀬能の後頭部を抱えている手。赤と白のカメオに彩られたつけ爪と、つけ爪を輝かせた指先のたおやかさは、紛れもなく自身の持つ美だった。

「もう、駄目、だよ……」

瀬能の肩で折り曲げられた脚を解放してくれるよう、途切れ途切れに哀願した。

小さな机に載せられている姿勢そのものは、苦しいというほどではない。だが、開いた太腿の真ん中で瀬能の舌が動くたび、脚や背筋に力が入り、体勢を崩してしまいそうになる。肉体を支える足裏も尻も汗を滲ませ、壁や机で何度も滑りそうになる。

「悠さん……」

瀬能が身を起こした。ふたたび背後に立った。腋から両腕を差し込み、ぬらぬらと汗を光らせる太腿に手を這わせ、膝裏を摑んだ。

いまの悠にとって引力の源は瀬能という男だった。その手の操るまま、なお大きく太腿を開いていった。

中心の翳りは油を塗りつけたように滑り輝き、荒く毛羽立っている。そのさらに真ん中で、自身の恥唇が見たこともない色と形状で、ぷっくりと血の色に染まり、捩れた肉を左右に広げていた。

膝裏に入った手が、肉体ごと後ろに引き寄せられた。汗に濡れた尻はにゅるんとたやすく机の上を移動する。

尻は机から落ち、瀬能の股間部に命中した。

処女なのに、察しは良い悠だった。瀬能はこのまま鏡の前で結合しようというのだ。

「痛かったら無理をしないで、痛いと言って下さい」

「気を遣わないで、いいよ……」

荒い息を吐き、頷いた。いよいよ、その時が来るのだ。

「処女ったって二十四の女だもん。やり方は心得てるし、痛いのも承知だよ」

「頼もしい処女ですね」

鏡に視線を向けた。その目はもはや悩ましく、トロンと自身の陰部を見つめ、瀬能を見つめていた。

左右に広げられた太腿の中心に、太く硬いものがあてがわれた。赤紫色の丸い先首が、秘裂の唇を広げるように、滑りにまかせて上下する。濡れながら互いを擦る肉と肉。その弾力と脆《もろ》さ。男の肉の圧迫を受けて、自らの秘唇が変形していくのが見える。

「いきますよ」

「遠慮なく、ガツンと――」

照れ隠しの軽口は、次の瞬間、呻きに変わった。

「んっ――くっ――！」

丸い肉塊が肉体の中心目掛けて、真っ直ぐ沈み込んできた。

粘膜がみっちりと押し広げられる。先首は確実な一点を目指して、膣内を突き迫ってくる。

それは初めて知る自身の肉路だった。想像していた以上の塊の大きさと圧力に、呼吸をするのも忘れそうだ。

「痛いですか」

悠の反応を見ながら、瀬能は時間をかけて腰を沈めている。

「……気にしないで」

そうは言ってみたが、首を振る余裕さえなかった。ひたすら唇を噛み締め、耐えていた。

まさに圧し貫かれるような痛みが、どっしりとした重量感を伴って埋まってくる。肉体は我知らずの警戒に、前屈みとなってしまう。

「あふっ、くぅっ！」

薄目を開けた。おそるおそる、繋がった箇所を見た。感触の違う互いの繋みが濡れて絡み合っている。繋みの中心で、ふたつの色の違う肌が隙間なくくっついている。

痛みに堪えつつ、だが、男と女の器官がこんなにも滑らかにひとつになれることへの感動もあった。粘膜と粘膜が互いの凹凸を余すところなく受け入れ、ぴったりと合わさっているのが、肉の感覚ではっきりとわかる。

「あっ、ひくんっ……！」

肉塊がさらに奥深くへ沈んでくる。最初は鉛かなにかとしか感じなかった男の象徴だが、時間が経つごとに異物感は薄れ、肉の温度と形を感じ取れるようになっている。

「く、んん……あ……」

そして突然、それは訪れた。じわりと、思いがけない場所から熱い水が湧き出した。自分でも触れたことのない未知の部位で、打ち痺れるような戦慄がまず起こり、じんじんと周辺の肉を熱く浸し始める。

「ふっ、ひぅっ……」

ビクン、ビクンと、下半身が勝手に跳ねる。

瀬能はまだほとんど動いていなかった。ただ男根が奥まで入っているだけなのに、悠の肉体はまるで感電するかのように、鋭い衝撃を走らせる。

「なに、これ……」

「少し動きますよ、大丈夫ですか」

黒々しい肉棒が、ゆっくりと引き抜かれていく。

「あ……いや……」

思わず、離れないで、と、せがむ声を出してしまう。だが引いていく男根の感触がねっとりと膣襞を逆撫でし、また新たな快感が寄こされる。そうか、女の膣の襞というものは、男を迎え入れるように出来ているのだ。そして男が出て行く時、引き留めるようになっている。

「悠さん……すごい締め付けだ……」

「瀬能さ……はぅっ！」

粘膜の擦れ合う感触に意識ごと持っていかれそうになった直後、いったん浅いところまで抜かれた男根が、ふたたびズキュンと打ち上げられた。

「あぅっ、ぐ……！」

「あぁ……」

瀬能の腰はあくまでゆっくりとした動きを保っている。だが与えられるのは、全身を突き抜くほどの激震だ。

「はぅっ、くっ……こんなの……ずるい……」

目の眩《くら》むような痛みと快感に、悠は泣き声を上げた。

体内で迸る血と汗と愛液と、昂奮と混乱と感激と。肉体中の生理がざわめき立ち、火を吹いている。

「悠さんのここが、僕を動かせるんですよ。絡み付いたり、押し出したり、吸い寄せたり……僕の方こそ、我慢出来ない……」

ああ、また。太腿を摑む手が腰を浮かせる。直後、自身を貫く肉棒の上にズドンと打ち落とされる。

「痛いですか」

「痛くてもいい……もっときて」

優しさ、温かさ、強さ、威圧――女にはない男の力を前にして、二十四まで処女だった悠の肉体はまだ臆病を捨て切れてはいない。

だが肉の痛みの中には、確かな悦びがあった。その悦びを、もっと覗いてみたかった。男の本能の力強さに、自分も応えたかった。

「気持ちいいよ、嘘じゃない。瀬能さんの好きなようにして……そうして欲しい」

「悠さんのここ、本当に吸い込まれるようだ……」

瀬能の動きが一層速まる。その律動に同調するように、悠の喉が自然に喘ぎを放つ。

「んっ、あ、あぁ……」

膣肉も瀬能のいう通り、いつの間にか勝手に痙攣している。打ち込まれるごとに膣の表面感覚が体内に潜り込み、男根の感触もその衝撃も、自身の肉と同化していく。熱く、もの狂おしい昂奮がふつふつと湧き上がり、ひたひたと肉を溶かしてくる。

瀬能は先刻、感じるままに反応してくれれば良いと言った。否も応もなかった。セックスとは明らかに互いへの反応であり、心と心の感応だった。

「感じるよ……瀬能さんが気持ちいいのが、ここから伝わってくる……」

「悠さんが感じているのも、伝わってくる」

グチョリと、鏡の中、秘肉に埋まる肉棒が出し入れを繰り返している。瀬能の熱が滾りながら悠の体内に注がれてくる。

速度を増す瀬能の律動に合わせて、悠の腰もぎこちなく動いていた。グチュ――グチュ――と、いやらしい粘着音が、繋がり合った陰部で響いている。

「あぁ……はぁ……」

瀬能の脚がわずかに広がった。その太腿に筋肉が浮いた。

次に訪れた衝撃は、いままでよりも遥かに凄まじいものだった。

「ぎゃっ、あぁぁっ！」

怒濤のような打ち込みが開始された。

内臓のひっくり返るようなうねりが全身に襲いかかった。

瀬能の荒い息が首筋を濡らす。

本能の力を漲らせて左右に身をよじり、悠は叫び続けるしかなかった。

「痛いですか、悠さん」

「あぁっ、いいよ……いいっ……もっときて！」

「悠さん……！」

容赦ないほどの激しさで瀬能は悠を打ち貫いた。

悠もその激しさを求めていた。

「もっと、もっと……！　ヘンに、なりたい……！」

「ええ、僕も、一緒に……」

「もっと……はぁ、あぁ、あぁぁっ！」


「まだ横になっていて下さい」

ベッドの上、起き上がろうとする悠を、瀬能が優しく止めた。

「水がいいですか、それともビール」

立ち上がり、冷蔵庫に向かった瀬能の後ろ姿を、悠は横たわったまま眺めた。均整の取れた背中。しなやかな筋肉。引き締まった尻から脚への逞しい曲線。先刻、自分の重力を奪った男の肉体は、美しかった。

瀬能が冷蔵庫から缶ビールを二本取り、一本を渡してくる。

受け取ろうと手を伸ばし、その手に、改めて見入った。

「どうです、綺麗でしょう」

そう言う瀬能は自画自賛というよりも、つけ爪によって一層美しさを増した悠の指を、嬉しそうに眺めている。

「うん、綺麗。良いね、あなたの仕事。女性を綺麗にするっていうのは、女性を元気にするんだね」

「気に入って頂けて良かったです。最近、こんなカメオを作りたい、という欲求を抱くことがなかったから、あなたに出会えて、僕も救われた思いです」

「なんだかよくわからないけど、あなたもしんどい生き方してるんだね」

「みんなしんどいですよ」

「うん、みんなしんどい。しんどい時でも、こうして爪は綺麗だし、ビールは美味しいし、それに」

言いながら、缶ビールで冷えた指を瀬能の股間に伸ばした。

「セックスはおもしろいし」

「ちょっと！」

突然の行為に面喰って、瀬能が股間を押さえて後退《あとじさ》りする。

「あはは」

「なんですか、もう」

「ねえ、セックスした後って、心身ともに活性化するもんだね。これからこの部屋の掃除でもしようかなって感じ」

「ここはホテルだから、清掃は係りの人がやってくれますよ」

「だからこの有り余ったエネルギーでさ、今度は私があなたを抱いてあげる」

「え」

「私、物憶えは良いんだ。だいたいの流れはわかったから、今度はこっちにまかせてよ」

「まかせてよって」

「来て」

ビールを置き、両手で瀬能の尻を掴んだ。自分の方へ引き寄せた。

先刻の雄々しさとは大違いの、ふにゃんとぶら下がったイチモツだった。小動物が体を丸めて寝ている姿にも似たそれを、舌を伸ばして掬い上げてみる。

「ちょっと待っ……」

「あなたはビールを呑んでて。私が元気にしてあげる」

「元気には……なりましたよ」

「え、これで？」

「そっちは、まだ、いや」

パクッと、小さく柔らかな小動物を咥え、上顎と舌を使って揉み揉みする。

「はやくげんきひ、はっへ」

「早く元気にって……あの、僕も歳なんで……」

プフッと互いに笑いながら、夜はまだ、ふたりのものだった。

第六章　ヴィーナスの微笑み

十代の頃は、自分が三十になるなんて来世の話だった。二十代の頃は、三十を過ぎれば現在の苦労もそれなりに報われるだろうと想っていた。実際に三十代になると、十代、二十代とさして変わらない自分がいた。三十一、二と齢を重ねるごとに、人生とはそんなに激変しないものだと悟った。

悟りの境地も五年目に入ったいま、灯子は光の海を眼下に、よく冷えた白ワインのグラスを傾けていた。少し遠くに温かなオレンジ色のライトを浮かべる東京タワーが、その隣りには青紫の曲線を描く六本木ヒルズが見える。少し視線を落とせば青山、原宿、表参道界隈の夜景も一望出来るこの部屋は、代官山にオープンして間もないタワービルの、エグゼクティブフロアの一室だった。

《紳士淑女のプレステージ》をコンセプトに建てられたこのビルは十五階から四十二階までがホテル。下にはレストラン、スパ、ギャラリー、美容室、オペラハウス、チャーチ等が入居している。代官山のランドマークとして注目を集めるこのビルの一階で明日、灯子の経営するアクセサリー制作販売会社『ＴＯＨＫＯ』の代官山店オープン記念パーティが催されるのだった。

「今夜はいつにも増して綺麗だな、灯子」

オリーブオイルを浸み渡らせたような滑らかに響く声と共に、これまた自家製オイルでテカテカと光る加島の貌が窓の夜景に重なった。このビルを始め、全国各地にコンセプトビルを所有するディベロッパー加島トラストの社長だ。シルクガウンの上から腰を撫で回してくる厚い掌からは、六十を過ぎてなお企業人として脂が乗り、それを自認する男の迫力が伝わってくる。

「今日は明日の為に早く寝たいのよ。ファッション誌のカメラも入るし、シャキッとした貌で出たいの」

手の甲をポンポンと軽く叩いていなすが、加島の指はガウンの裾をたくし上げ、下着を穿いていない尻の双丘から割れ目へと喰い込んでくる。

ぶ厚く短い五本の指が、むにゅうっと尻たぶを摑んだ。

「あん、待ってってば」

「おまえはセックスした翌日が最も綺麗だよ。普段のギラギラした感じが消えて、どこか優しげに色っぽくなる」

指は内腿の付け根に潜り込んで、強引に繁みを掻き毟る。閉じた媚唇を爪の先でつまんだり引っ張ったりして弄ぶ。その指遣いも自分本位でありながら、女の官能を知り尽くした齢《とし》嵩《かさ》の男の余裕が滲むもので、灯子はガラス窓に手をつき、指の動きに意識を集中させようとするのだった。

「大した女だ、おまえは。一時はこの不況で支店の閉鎖も余儀なくされたものの、残った店舗の体力強化とオリジナルブランドの特化に力を注ぎ、結果的に会社の発展へ繋げたんだからな」

「うふん……それだけじゃないわ」

ガラス窓に頬を当てながら、灯子は妖しく笑ってみせる。

「波に乗ればさらに抜け目ないわよ。なんたって、あなたという男を手に入れたんですもの」

太くゴツゴツとした加島の第一関節が、まだ濡れきっていない秘肉に埋められた。

「あん」と声は出したものの、いつもはすぐに来る波が今夜はなかなか訪れない。具体的にどうというのではないのだが、なにかがいまいち、収まり悪いのだった。

一方、加島の指は性急だった。中指の第一関節まで埋めると、灯子の反応も確かめずにいきなり入り口付近の秘肉を掻き回してくる。まだ乾いている膣襞が野太い男の指に擦られると、ひりつくような痛みが走った。

　しかし灯子は諦めず、指のうねりに意識を持っていく。いつもならたとえ最初は気分が乗らなくとも、粘膜を打ち鳴らすような荒々しいこの指遣いに責められるうち、やがて突然、体内で熱いものの湧き上がる瞬間がやってくる。深い沼の底で地殻変動が起こり、マグマが予告もなく一気に噴き上げる。いったん火に煽《あお》られれば、あとは欲望の求めるままに、広がる火勢に身をまかせれば良い。

　感じたい、夢中になりたい——そうすれば、このもやもやするような、心もとないような気分を吹き払える……

「ああ……」

　ようやく指の感触が少し滑らかになり、クチャリ、クチャリと、濡れた粘着音が耳に響きだした。まだ快楽よりも安堵が割合を占めてはいるものの、肉体だけは常に自分の味方だと思う。

「カーテンを閉めて、ベッドへ行きましょう」

　視界を遮るもののないタワービルの四十一階だったが、闇夜に煌々《こうこう》と明かりの灯る窓は、ステージのスポットライトのようなものだ。

「まだ駄目だ」

体毛の濃い加島の手が灯子の腕を片方ずつ摑み、背後へ回す。クロスするよう促された両腕は縛られたわけではないが、問答無用のその力に、肉体は従順に応じていた。

胸元がはだけられた。夜景の広がる窓に向かって、白桃のような乳肌がまろび出た。

「あ、ん、見えちゃうわ……」

「女神のように美しく気位の高いおまえが、こんな破廉恥なことをされてよがり声を上げるなんて誰も思わないだろうな。明日のパーティにはここにバイブでも仕込んで行くか、ん？」

「……あぁん、やめて……」

柔肌を揉みしだかれ、肉体から力が流れ落ちていく。

すかさず今度は右脚が窓枠に掛けられた。陰部に中指を埋められた灯子の猥褻な姿が、窓ガラスに晒された。

闇を背景に鏡となったガラスに、指がもう一本、さらに奥へと入るのが映される。もはや粘膜は抵抗を示さない。二本の指を付け根まで呑み込んだ媚肉はたらりと蜜を光らせながら、ひとりでに収縮運動を始めている。

「あんんっ、はぁんっ」

「もっと声を上げろ、淫乱女。ほら、おまえはこういうのが好きなんだろう」

「あぁっ、そうよ、好き、もっと無茶苦茶にして欲しいの……！」

いつもより声をあげて、灯子は身をよじらせた。

そう、この有無を言わせない圧倒的な力。肉体も精神も揉みくちゃにされ、破壊されてしまうほどの力。そんな力の前に、自分の全てを捧げたかった。その男の為だけに、生きていきたかった。

岳生、あなたはいま、どこにいるの――

――『TOHKO』の現在があるのは、なによりも岳生の手腕が大きかった。灯子の見る目は間違っていなかった。岳生のカメオは瞬く間に話題となり、『TOHKO』の名を押し上げた。おかげで他にも実績のあるデザイナーや才能ある若手デザイナーを呼び寄せることが出来た。いまや『TOHKO』はトップブランドに名を連ねるまでに飛躍を遂げていた。

支店の縮小を逆利用し、岳生のカメオを中心とするオリジナルブランドを会社の柱にしようと奮起することが出来たのは、十九で抱いた決意のまま、岳生と自分の未来の為でもあった。その夢がようやく叶うと思ったのも束の間、岳生は突然、イタリアへ戻って行った。そのあっけない立ち去り方は、会社との契約もへったくれもなかった。

それきり一年以上、音信不通となっている。

会社の躍進の為、たいして愛してもいない男にすり寄り、肉体を与えているいまの自分を、岳生はどう見るだろう——

外界の冷気を遮断する窓ガラスが、湿った喘ぎで曇っている。灯子はそこに、岳生の面影を思い描く。

おそらく彼のことだ。軽蔑さえ抱くことなく、無関心という名の優しい笑みをひとつ寄こすだけに違いない——

「ああ、ぐっしょり濡れてるよ、灯子。指がふやけてしまいそうだ」

深々と埋まった指が、激しく膣襞を擦り上げ、子宮の入り口を捏ね回している。

「もっと、もっとよ……！」

淫猥に腰をひねり上げ、灯子はせがんだ。

もっと夢中にさせて——この幸福感をしっかりと肉体に注ぎ込んで——熱いもので私を満たして——！

「ちょうだい……あなたのものを……あなたが欲しいの！」

「いくぞ、灯子」

「きて、きて……！」

媚唇はすでに淫らな口を開けていた。愛蜜に滑り光るそのはざまに、剛直が押し入った。

「ああ、いく……私、すぐいっちゃう……！」

「いけ、いけ、たっぷり悦ばせてやるぞ。ああ、なんてきつく閉まるんだ、おまえは本当に素晴らしい、素晴らしいよ、灯子」

突き上げたハート形の尻を掌でバチン、バチンと叩き、加島の怒張は一層荒々しく粘膜を突き上げる。

「ああん、私……もう……！」

その時、

——RRR……

電話が鳴った。

「……くそ、なんだ」

加島がいったん灯子から離れ、受話器を取りに行く。

「もしもし——ああ、そうか、わかった——灯子、フロントからだ。おまえ宛ての小包を預かっているそうだ」

「私に？」

数分後、コンシェルジュが小包を届けに来た。包みはA4サイズほどの長方形の箱だった。

送り名を見て、灯子は一瞬、目を疑った。

「誰からだ？」

ソファの隣りで、葉巻に火を点けながら加島が訊く。

「え、ああ、以前うちにいたデザイナーから」

「支店オープンの祝いか。どれ、開けてみろよ」

生成り色の包みは岳生らしく、リボンもなにもない、殺風景なほどに簡素なものだった。

包装紙を解き、箱を開けると、真綿にくるまれて、それは現れた。

「ほう……豪華なもんだ」

言葉を失った灯子の代わりに、加島が感嘆の声を上げ、箱の中のネックレスを手に取った。

それを灯子の首に掛けてくれる。

直径五～六センチのカメオを五つ、胸元で組み合わせたネックレスだった。カメオはすべて灯子の好きな上質のサルドニカを素材としている。チェーンには淡水ケシ真珠と金色の化繊糸が使われており、その構成は美しく緻密なだけでなく、作り手が結びの妙を楽しんだことも伝わってくる。

五つのカメオにはそれぞれ、ヴィーナスの貌が彫られていた。

「いいデザイナーだな」

まだ茫然としている灯子に、加島が言った。

「ええ……そうね」

心の底から、良い作品だと思った。岳生がどのような表情で、真剣に、かつ心を躍らせながら制作したか、このネックレスを見ているだけで鮮やかに思い浮かべることが出来る。作り手のエネルギーが作品に籠り、肌にする自分の心へと伝わってくる。

「いまのおまえは、この二番目のヴィーナスと同じ貌をしているな。まるで夢見る乙女だ」

「……そうかしら」

「どうする、明日のパーティにはこれを着けるか」

「え」

そこで初めてハッとした。加島を見た。

加島は五つのヴィーナスたちに、皺深い目を静かに落としていた。

「いいえ」と答えた。

「せっかくあなたに用意してもらったドレスに、これは合わないもの」

「ドレスなら他にもある」

「いいの」

立ち上がり、手を取った。

「ベッドへ行きましょう」

今度は灯子の方が強引に、加島をベッドへ連れていく。

人生は風の吹くまま、成り行きまかせだ。成り行きほど、人生の確かな理由はない。岳生がその気なら、自分も思い切り、いまを生きてやる。

ガウンを脱ぎ、ベッドに横たわった。

「ああ、いまのおまえは、この真ん中のヴィーナスにそっくりだよ。高貴で、それでいて――」

「知ってるわ」

加島の唇を、人差し指で押さえた。

そしてその指で、素肌を滑るカメオをそっと撫で、灯子は微笑んだ。

「さあ、さっきの続きをするの」

この作品は、スポーツニッポンに連載（2010年4月1日から7月31日まで）された「シェル」を改題し、大幅に加筆、修正した文庫オリジナルです。

幻冬舎アウトロー文庫

●最新刊
セックスに溺れた私
客に恋した風俗嬢・なお
安藤奈緒子

普通のOLから風俗嬢に転身した奈緒子は、若くして会社を経営する祐介との濃密なセックスに溺れ、堕ちていく。業界のタブーを犯してまで一人の男にのめり込む姿を綴る禁断のドキュメント。

●好評既刊
女王《めおう》の身動《みじろ》ぎ　夜の飼育
越後屋

女王様麻耶とSMバーを共同経営する樋口松蔵は、美しい麻耶を牝奴隷にすることを妄想していた。彼の望みを知った銀星会若頭の鮫島は、子飼いの緊縛師・源次に樋口の手伝いをするよう依頼する。

●好評既刊
人妻夜のPTA
扇　千里

「ほら、すごいメスでしょう？　獣だよね」。ダラダラと愛液をたらす白い肌、美しく淫らな尻の人妻・亜紀子。今夜もこれ以上はない快楽と嗜虐の限りを尽くして、夜のPTA活動は続く。

●好評既刊
監禁クルージング
水無月詩歌

ボートに監禁された美玲が聞いたのは、「お前は夫に売られた」という一言だった。岸を遠く離れた海上の密室で続く、陵辱の日々。貞淑な人妻は、奴隷としてゆっくりと華開いていく——。

●好評既刊
公家姫調教
若月　凜

貧乏公家の勝ち気な姫・桜子は借金の形に売られ、処女のまま屈辱的な調教を受けるが、かつて思いを寄せた若侍・邦照に身請けされる。性技を仕込まれた桜子は邦照に奉仕し、二人は快楽に溺れる。

GENTOSHA OUTLAW BUNKO

指《ゆび》づかい

うかみ綾《あや》乃《の》

平成23年2月10日　初版発行
平成31年3月30日　6版発行

発行人——石原正康
編集人——永島賞二
発行所——株式会社幻冬舎
〒151-0051東京都渋谷区千駄ヶ谷4-9-7
電話　03(5411)6222(営業)
　　　03(5411)6211(編集)
振替00120-8-767643
印刷・製本—図書印刷株式会社
装丁者——高橋雅之

幻冬舎アウトロー文庫

ISBN978-4-344-41636-9　C0193　O-116-1

幻冬舎ホームページアドレス　http://www.gentosha.co.jp/
この本に関するご意見・ご感想をメールでお寄せいただく場合は、
comment@gentosha.co.jpまで。